人文叢書 社會類

文藝與傳播

王鼎鈞 著

三民書局

國家圖書館出版品預行編目資料

文藝與傳播／王鼎鈞著.－－二版一刷.－－臺北市：
三民，2007
面；　公分.－－(人文叢書.社會類5)

ISBN 978-957-14-4905-0　(平裝)

855　　96021421

© 文藝與傳播

著作人　王鼎鈞
發行人　劉振強
著作財產權人　三民書局股份有限公司
發行所　三民書局股份有限公司
地址　臺北市復興北路386號
電話　(02)25006600
郵撥帳號　0009998-5
門市部　(復北店) 臺北市復興北路386號
(重南店) 臺北市重慶南路一段61號

出版日期　初版一刷　1974年2月
二版一刷　2007年11月
編號　S 890390
定價　新臺幣150元
行政院新聞局登記證局版臺業字第〇二〇〇號

ISBN　978-957-14-4905-0　(平裝)

http://www.sanmin.com.tw　三民網路書店
※本書如有缺頁、破損或裝訂錯誤，請寄回本公司更換。

再版說明

本書是作者王鼎鈞先生針對文學與大眾傳播間不同的表達方式所作的闡述、分析。作者向來以散文寫作聞名，其作品兼融理性與感性，是臺灣文學界公認的散文大家。來臺後，曾服務於中國廣播公司、中國電視公司，其間開始寫作廣播劇本並參與電視劇的製作，因此對大眾傳播的生態與文化，有一定的了解。由於作者擁有此二種不同的創作經驗，故而對文藝與傳播間的關係能有相當深刻的認識。

透過作者的細膩觀察與精闢分析，讀者可以清楚看到文藝與傳播間既鬆散又緊密的連結，以寫作電視劇本和小說為例。小說面對的是讀者，只要呈現出意境即可；但電視劇面對的是觀眾，比起小說所呈現的廣大想像空間，它更需要的是營造一個親眼所見的畫面。然而小說與劇本並非完全不相通，小說可以改編成劇本，同樣的，劇本也可以改編為小說，這轉變的過程與細節，在本書中都有詳盡的解說。作者長年在電視、廣播圈中工作，他豐富而實用的經驗談，至今讀來仍令人獲益良多。

本書原收錄在「三民文庫」，因原開本與字體較小，為了讓好書繼續流傳、閱讀更加方便，今特予重新編排，以饗讀者。

三民書局編輯委員會謹識

文藝與傳播

目錄

關於廣播的專題討論

綜合討論

與大眾傳播的關係

關於電視的專題討論

向文藝作家提供電視觀念

畫面

文學的定義是「用文字表現意象」。其中所謂「意象」，指某種生動的、具體的、歷歷如繪連綿不斷的景象。此一景象，約如我們今天在電視螢光幕上所看見的「影像」。文學作品是一種「紙上的電視」，它使我們從文字中看出「影像」來，正因為文學作品中有「意象」在，所以批評家可以用「做夢」來解釋作品，說大文學家製造幻覺，而又強迫別人接受此一幻覺。「夢遊幻境」是我們讀文學作品時的經驗，也是我們看電視劇的經驗。

雖然如此，小說的創作者若要轉變為電視劇的製作者，他需有更嚴格更純粹的畫面觀念。在螢光幕上，電視劇中，一切都以「畫面」的方式出現，一切非畫面的成分，都要轉換為畫面，而且要轉換成為適合用電視來傳播的畫面。那不能轉換的，都要捨棄，而且要無情的予以割愛。對電視劇而言，「詩中有畫」「句句如畫」是不夠的，要做到「劇等於畫」「寸寸是畫」。可以說，電視劇作家寫的不是文句，而是畫面，他在創作活動中根本用畫面來思考。

對一個小說作家來說，在他成為電視劇作家之前，他有下列若干習慣要改變：

一、直說的習慣：「某生，寒士也，告貸無門。」這是直說。小說作家使用的工具是語文，語文有「直說」的便利，因之，這種表達的方式幾乎存在於每一部小說之中。寫小說的人並不認為「直說」是高明的手段，但是，一篇小說包含許多意象，如果完全不用「直說」，如何把這些意象組合與聯結起來，是一個問題。而且「直說」可以節省不必要的意象，使作者轉接靈活，剪裁便利。「直說」中沒有意象，也就沒有畫面，沒有畫面，電視的螢光幕上將出現空白，「空白」是電視絕對不能容許的事。因之，小說中的「寒士也」之類的語句，到了電視劇中，勢將消失得無影無蹤，另外依賴服裝設計（鶉衣百結），或美工布景（落葉添薪）。鶉衣百結和落葉添薪都是畫面，都代表貧窮，觀眾一望而知，不待直說，亦優於直說。

二、描寫的習慣：文學作品著重描寫，有了描寫，「意象」才有立身託命的軀殼。好的描寫，使讀者好像看見或聽見了並不存在的事物。文學作家非擅長描寫，不能「製造幻覺」。這是他使用的媒介（文字）加給他的限制，他賴描寫突破此一限制得到的勝利。這種制勝的方略在電視中沒有用武之地，描寫的功能在使人好像看見聽見，如今，觀眾在電視機前業已親眼看見親耳聽見了，又何貴乎「好像」？電視劇作家無須仔細形容西施的眉毛，那是化妝師的事。他只需要寫下「日落」、「茶肆」、「海濱」、「冰天雪地」等簡單的字樣，指定劇中人活動的空間，至於無限夕陽的景象如何，那是美術設計的事。美術設計，化妝師，還有其他若干人，各憑其技能、材料、工作信念，共同參與表現的工作，劇作家並非最後的表現者，劇本如有冗長的描寫，徒亂人意。特殊的場景或怪異的人物造型，自然要多寫幾句，但是，這幾句也祇是向別人提供工作的目的而非代替別人的工作。

三、「完全依賴想像」的習慣：電視劇的製作與欣賞，當然也不能脫離了想像力。但是，電視播映的是實實在在的聲音畫面，文學作品所提供的，只是一堆線條符號（文字），欲從一堆線條符號中見出百態萬象，自非讀者以想像力自動配合不為功。文學作家把自己的想像變成符號，再以符號刺激讀者的想像，這就是文學創作與欣賞的全部過程。對文學作家而言，想像既如此重要，當然要盡力發展想像之用。達於至極，想像中幾乎無所不有，想像力幾乎無所不能。然而電視為它的性能所限，要用它傳播畫面，必先將畫面作一番選擇。這時，文學作品中若干僅能想像得之的畫面，祇好永留於想像之內，為文學作品所獨有。例如，一位詩人說，蘇武與李陵訣別時，李陵的眼淚，灑在蘇武的衣服上。蘇武不能帶李陵一同歸漢，卻帶了李陵的眼淚回來。例如在一位小說作家筆下，有一個女孩子穿了翠綠色的衣服，她哭泣時，淚珠落在衣服上，濕出一條條的水痕，水痕交錯有如畫上了竹葉。這些都是意象，都有畫面，但是，也都為電視專家所不取，它們祇有想像中的美感，並不能真正訴之於視覺。

雖然電視劇「兼視聽之娛」，畫面卻是最重要的部分。一部電視劇由很多的畫面構成，畫面又由布景、道具、人物動作及光影等等構成，作家藉以表達意念，導播藉以取得鏡頭，工程方面藉以傳播影像。善用文字的，是文學作家；善用語言及音響的，是廣播作家；善用影像的，才是電視作家。文學用文字表現畫面，廣播作家用聲音表現畫面，都是間接的，都隔一層，而電視作家直接使用畫面，不另假中間性的符號，最經濟，也最真實。這種用畫面組合起來的作品，需要把「最恰當的畫面放在最恰當的次序」上。這一工作的至境，渺不可知，但是，它的起步，則在文學作家的一轉念間——把語用文思考，轉為用畫面思考。

表演

電視劇是一種「表演」。

儘管評論小說的人強調小說中的人物並非作者手中的傀儡，而是一些獨立的生命；儘管寫小說的人常說，他筆下的人物有了性格，即自動的有了行為，非他所能左右控制，但無論如何，小說是「說」出來的，是「一個人騎在牆頭上，把牆內發生的事情告訴牆外的人」，它的前身是說故事或說書。如果說它也是表演，它是說故事者的「個人表演」。

小說之所以非「說」不可，因為它以語言文字為媒介，而語文，是代表事物的符號，並非那事物的本身。

它所以非大說特說不可，因為事物之生動細緻的一面，有光有熱的一面，必須以種種修辭方式細表，始能維妙維肖，終使讀者不見符號，只見事物，這時，大家相信所謂表演，其能事也不過如此。從技術觀點說，小說人物的這種「表演」，要通過一個由別人來「說」的過程，小說作家說「山」，我們的心目中隨之立即顯出山的形象，電視則「開門見山」，不一定要「說」。在小說中，冷子興演說榮國府，曹雪芹則演說冷子興。如果說，冷子興演說是在表演，它是一種間接的表演。

在電視劇中，觀眾看到的不是曹雪芹，不是「冷子興」三個符號，而是那個叫冷子興的活生生的「人」（演員），觀眾聽見了演員的「聲口」，而非看到作家的筆跡。這時，既稱「表演」，必須注意到在場演員的共同發揮，否則，有些演員便屬多餘，成為浪費。冷子興固然該說的較多，可是賈雨村也不能說得太少。他們既在酒肆說話，酒保除了打酒送菜以外，也該有一點別的語言動作，以增加戲味。冷子與介紹榮國府，如果不是小說而是「戲」，將是冷子興、賈雨村、酒保三人互相之間的刺激反應，是一種多邊的而又息息相關的活動，除了談話以外，進酒勸菜，品酒選肴，也恐怕是少不了的穿插。基於編劇原理，其中又少不了「衝突」。準此，電視劇的表演有異於小說者，首先便是放棄了一個人由根到梢、細水長流式的鋪敘，改為劇中人互相鉤連、互相環繞、互相排斥也互相吸引，運行不息。

「演說榮國府」大概有四千字，以正常速度讀出，約需二十分鐘。電視劇不但不容許一個人「演說」如此之久，也不容許三個人合說合演如此之久，因為「主題」不宜在一點上膠著，久則疲、疲則厭，連演員都將無法記住這麼冗長的臺詞，遑論觀眾。在電視劇中，劇情要不斷的向前推展，場場有不同的主題，每一場的主題都要像比賽進行中的籃球，球員控球之後，立即選恰當的時機脫手。「演說榮國府」是對即將出現的男女主角預作介紹，這種介紹，電視劇的編導往往嫌它不夠經濟，放棄不用。倘若為了製造懸疑等理由，必須在人物出場前先作一番呼喚，三分鐘足矣！準此，電視劇的表演異於小說者，是在許多地方放棄了「大說特說」的特權。

既稱「表演」，就要使觀眾能夠看見。其「能見度」，有時為了特殊的理由不妨朦朧曖昧，但通常仍取其清晰。小說作家可能不考慮「能見度」，因為一切看不見看不清楚的地方都可以由他說個明白。在電視劇中，作家失去了出場說明的資格，即使設法說明，也多半索然無味。他應該參考在瑪琳奧哈拉和安東尼昆合演的「虎將平蠻」中，代寫情書的一場戲是如何「表演」的。安東尼昆接到另一個女孩子的來信，需要作覆，但是他的文字程度不能達意，於是向做教員的瑪琳奧哈拉求助，由她把回信寫在黑板上，供他抄錄。瑪琳奧哈拉寫到信末署名的地方，對名字前面的稱謂，相當躊躇，寫一個，擦掉，另換一個，換來換去，最後換了一個最疏遠的稱謂，供安東尼昆使用。在這裡，值得注意的是對黑板的利用，黑板上寫字，「能見度」甚高，觀眾可以看見回信的內容，可以由這個女教員對信末稱謂的斟酌，看出她喜歡來求教的男人。此外，這一場戲也利用了女主角職業上的特徵，反覆利用了現成的場景（教室）。如果照普通的辦法，由女主角把信稿寫在紙上，供男主角謄清，「表演」豈不遜色多多？準此，電視劇的表演，可能異於一般小說者，即是作者對表演的方式，須作更嚴格的選擇。

小說作家的表演力幾乎不受自然的限制。他可以寫瀑布倒著流回去，他可以幻想一列急駛中的火車離開軌道，矯夭騰空而去。他可能創造一個畸人，有兩個腦袋，同時吹奏兩種樂器，比受過合奏訓練的兩個人還要中節。他說要怎樣，就成了，只要他看著是好的。

電視劇的表演要受各種條件的限制，有人為電視寫劇本，要一臃腫的太太減肥成功，變為苗條，這就發生演出的困難，因為胖的演員不可能一下子瘦起來。有人寫，一個又瞎又啞的乞丐，靠一隻狗的牽引行動。乞討時，狗不但先到門口，而且以汪汪的吠聲代他呼告。構想不壞，但是難以找到這樣一隻狗。小說中的人物，可以有某種希奇的才能，但是他可能無法進入電視劇，如果這家公司的演員，沒有這項專長。小說作家在轉為電視作家之時，他首先要提醒自己：「一絲不掛」在小說中只是四個字，到電視中便得是一個精光的模特兒，其間差距之大，難以道里計。

表演的觀念，需要長期的培養。作家一旦發現，他心中的一切意念俱可以轉化為可見的外觀，可以通過一群有表演天才的人加以展示，將引起新的創作慾望。那時，一個電視劇作家便誕生了！

成本

文學作品的成本，不過是半瓶墨水，幾張稿紙。如果說，這並不夠，那麼再加上時間、經驗閱歷和天才。也許文學作家會考慮到印刷費用，但一本以宮廷為背景的小說，和一本以貧民窟為背景的小說，只要字數相等，印刷費可以相等。一本包含了一百個人物的小說，和一本只有十個人物的小說，只要字數相等，印刷費也可以相等。

電視劇的情形並不如此。凡是寫在劇本上的一草一木一飲一啄，都需要實物，都得花錢。一個藏書專家，書城坐擁，四壁都是珍本，劇本寫出來容易，即使美工人員善於作偽，演出來得費多少手腳？在小說中，作家寫一個幼稚園，你愛寫多少孩子就寫多少，可是在電視劇中，每一個孩子都要糖果費。丈夫在外花天酒地，日夜不歸，妻子坐在家中手持利剪，把丈夫的西裝剪成碎片，這固然是極生動的表演，可是，一套西裝是多少錢？醉漢，舉起酒瓶，稀里花拉把穿衣鏡打碎，——想一想，打不得，這具穿衣鏡是借來的，戲演完了得還給原主。

電視劇的預算，並不根據劇本的需要來編製。恰恰相反，它是先定預算，在預算許可的範圍以內進行編劇。這常使有藝術抱負的人氣短。但電視節目具有商品的性格，俗語說，殺頭的生意有人做，賠本的生意沒人做，對電視劇而言，這話可以改成賠錢的好戲沒人製作，賺錢的壞戲有人製作。不過賺錢不一定就殺頭，省錢不一定就「壞」，什麼樣的環境出什麼樣的人才。理想的電視劇人才是又省錢又討好，這就是寫電視劇本的最高學問。

下列因素，對電視劇的成本有重要影響：

一、布景：電視劇不能有太多的布景，也不能有太大的布景，當然更不能作又多又大的布景設計。布景大，花大錢，布景多，多花錢。通常，它只能有四個或五個景，這些景應該是平面的，通常沒有縱深，其中一、二景較大，用以容納主場戲，其餘的景多半侷促一角，演員不能走動，鏡頭也不能搖攝。電視劇作家所受的訓練，就是如何在這樣狹小的空間裡，表現較為豐富的內容。

有時，電視劇也用影片拍一些外景戲，以濟棚內搭景之窮。外景的畫面海闊天空，使人頓感舒暢多多，不過，外景影片多半沒有人物的對白，如果配上對白，又要多花時間金錢，而電視節目製作者的時間和金錢永遠不夠，永遠需要節約緊縮。最「理想」的辦法是根本不拍外景影片。

二、演員：電視劇的場景小，不能容納太多的演員，螢光幕的面積小，不宜堆集太多的演員，預算有限，也請不起太多的演員。一般而言，每次有十個演員足夠；足夠填滿場子而不擁擠，足夠占滿幕面而仍能看清楚，也足夠花掉演員費而不鬧透支。小說作家看電視，常常覺得奇怪：為什麼大將軍出巡，身邊沒有衛隊？為什麼醫院裡只有一個醫生、一個護士？為什麼百貨公司只有一個顧客？預算所限！這就是答案！

對電視劇中的人物，不能用小說的眼光看，要用戲劇的眼光，而且，不能用電影的眼光看，要用舞臺劇的眼光。人少，無妨，劇情可以集中在這幾個人身上，使它少而緊湊，少得合理。熟練的劇作家會把每一個人物都充分利用，不要沒有用的人，也不要他得不到的人！

三、服裝：在低成本製作的政策下，電視劇的服裝預算不會太高。電視公司對劇中所需要的服裝依五個步驟籌措：㈠由服裝管理部門，在過去存留下來的服裝中提供。㈡演員自備，如普通的時裝之類。㈢向其他戲劇單位洽借。㈣向所有人付租金租用。㈤訂製。專為本劇訂製的服裝，用完後由服裝管理部門登記保管，準備日後再供他劇使用。一個劇本，如果其中的服裝問題可以用第㈠㈡㈢項辦法完全解決，那就被認為是一個「理想」的劇本，否則訂製的比例愈低愈好。一個「理想」的劇作家，不但熟知電視公司有些什麼服裝，而且熟知什麼地方可以借到電視公司所沒有的服裝，最好他能夠憑自己的人事關係，為自己寫的劇本，去把服裝借來。

四、道具：文學作品中也有「道具」，但作者不必考慮道具的來源。當賈寶玉進入秦氏臥房時，看見唐伯虎畫的海棠春睡圖，兩邊有宋學士秦太虛寫的一付對聯，武則天當日鏡室中設的寶鏡，一邊擺著趙飛燕立著舞的金盤，盤內盛著安祿山擲過傷了太真乳的木瓜，上面設著壽昌公主於含章殿下臥的寶榻，懸的是同昌公主製的連珠帳。這真是標準的「文學作品」，若是演戲，姑不論世上是否真有這些東西，即使做幾件假古董，也非易事。有人寫過一劇本，寫一個青年追求皮鞋公司的女店員，每天去買一雙皮鞋，弄得他寢室中堆滿了皮鞋。後來追求成功，結婚以後，夫妻倆把那些皮鞋擺出來賣，開設了一家皮鞋店。這個劇本至少需要一百雙各式各樣的皮鞋，結果因此而無人願意製作。除了道具的來源之外，還有一個為文學家所忽略的，就是道具的消耗。前面我們提到醉漢打碎穿衣鏡的事，衣鏡一經打破，即不能再用，這是金錢的損失。與此相同的還有割破沙發，撕破字畫，吃掉滿漢全席，撕錦緞引美人一笑……。

當電影事業受到電視威脅時，製片家看清楚了電視劇的弱點：場地狹小，人員節省，布景及道具簡單，製作時間倉促。於是電影向大銀幕大堆頭大場面發展，一片之費，美金千萬，經營窮年。

這一戰略，果然使電影事業的好景延續了將近十五年，但終未能立下永遠不敗之基。如今，繁美精細的第八藝術又有為電視所淘汰的趨向，視聽藝術的欣賞者縱難甘服，卻也無可奈何。事實既然如此，電視節目的簡單便捷，究竟是缺陷還是優勢，倒也一言難盡！

觀眾

文學作家有「遺忘讀者」的傳統，他拿起筆時，不計較讀者喜歡不喜歡，能接受不能接受。但是戲劇家有「尊重觀眾」的傳統，他的每一部分設計，都要面對觀眾，製造預期的反應。

「遺忘讀者」的傳統，可以從「僕之所重，時之所輕」、「大慚大好，小慚小好」、「得失寸心知」、「爾曹身與名俱滅，不廢江河萬古流」等名句中看出。而「尊重觀眾」的傳統，可以從戲劇家把觀眾列為戲劇的要素之一看出。世上有沒有讀者的詩，沒有聽眾的音樂，但是難以想像「沒有觀眾的戲劇」。沒有觀眾，戲劇只能算是在「排練」的階段，必待觀眾加入，始告完成。

在文學作品中，最「目無讀者」的可能是詩，詩只是「無意中讓人聽到的」。散文近似，許多散文在寫作時「不求人解」，寫成之後往往「人亦終不解」。小說「隨和」得多了，短篇小說要使「讀者站著讀完」（一口氣讀完），長篇小說中須在許多地方設法增加「手不釋卷」的吸引力，如「下回分解」之類。但小說作家仍有若干餘裕但求主觀的發抒，在洋洋灑灑中「忘我」。我既可忘，遑論讀者？所以，小說作家雖然比一個詩人容易成為電視劇作家，但是仍須費許多功夫。

電視節目在本質上是一種表演，表演必須面對觀眾。因此，散文與詩在電視中無立足之地，而戲劇及戲劇方法卻在其中大量繁殖。在「尊重觀眾」的傳統下，戲劇已「發明」了無數的抓住觀眾的方法，可供電視使用。從工程方面著眼，沒有近代電子科學的逐步發展，不會有今天的電視事業，從節目方面著眼，沒有一代一代戲劇家留下來的心智結晶，也不會有今天這個樣子的電視事業。

電視是一種綜合性的表現，文學作家所提供的，是語文結構，即劇本。編劇是一種專門技能，小說作家的工作，雖與之有若干近似，但仍然是隔行。由於「戲劇性」「悲劇」「喜劇」等術語久已在小說界使用，許多人誤以為小說家與編劇家可以互通，其實他們只是親戚，並非兄弟，兩者之間有許多差異，所有的差異又共同起源於對觀眾的估價不同。倘若這一念能夠溝通，小說作家憑此新生的一念去研究編劇技巧，卻也極易豁通。

編劇之道，一言難盡而一言可盡，可以說，它是對觀眾施以最恰當的刺激，引起你所需要的反應。編劇的精義之一是不斷衝突，最後達到衝突之消滅。衝突是某種令觀眾懸心的因素，觀眾一直受其刺激，感到滿足，直到觀眾滿意，不必再關心為止。編劇的另一精義是高潮。高潮是觀眾因受到一連串刺激而生的興奮昂揚的情緒，一種精神上的飽滿，注意力的凝結。刺激必須適當，過與不及，皆不能產生圓滿的反應。反應既已發生，須在適當的時機施以新的刺激，新刺激出現過早，可能使上一個「反應」夭折，出現過遲，上一個反應又揮發淨盡，造成注意力的渙散。下一刺激須較上一刺激更大或更新鮮，以免觀眾感到疲勞。所謂衝突、高潮，其實在觀眾心中，並不在白紙黑字間。可以說，所謂編劇技術，是用另一種方式寫成的觀眾心理學。

「尊重觀眾」在我們這裡已引起許多問題，例如節目水準的下降，論者歸咎於「迎合觀眾心理」。其實迎合觀眾心理是尊重觀眾的結果，是戲劇的天然性格，沒有「違反觀眾心理」而能存在的戲劇。今天的問題是，電視劇的製作人是否有能力認識觀眾的心理，是否有能力去把握、去滿足它。一個製作人，他真正認識觀眾而又尊重觀眾，決不把觀眾假定為漆黑齷齪而可憐的一群，決不認為他們只需要下流淺薄貧乏的東西，因為這種假定完全侮辱了觀眾，也侮辱了自己的職業。只有懶惰或才能不夠的人，才會抱這種想法。觀眾心理是中性的，染蒼染黃，或南或北，在乎戲劇工作者。觀眾心理並不能使戲劇的水準降低，除非戲劇工作者自己要低。「真善美」也並不會使戲劇脫離觀眾，除非戲劇工作者自己脫離。「曲高和寡」是音樂的典故，不是指戲劇，「民之所好好之，民之所惡惡之」是政治哲學，也是戲劇哲學。主張「民之所好好之」的政治家，並不需要在每條街上開賭場、設妓院、賣鴉片，他儘管去辦醫院、闢市場、立學堂。這是譬喻，也是例證。

文學作家可以與眾人隔離，可以對眾人不信任，電視劇作家則不可。一位散文或小說作家，在正式成為電視劇作家之前，不能不先調整他與芸芸眾生之間的關係。不錯，他從事劇本寫作，原有自己的宗旨抱負，但是，此一宗旨抱負的表出，不是寫出來或演出來就算數。他必須糾合許多人，即觀眾，共同參加，共同完成，他創作的滿足是建築在觀眾欣賞的滿足之上。觀眾對戲劇，可以有道德上的滿足，感情上的滿足，思想上的滿足，美感的滿足，其下焉者才是色情打鬥。明乎此，我們對電視節目商業化的利弊，始可作正確的估量。商業化的確損害了或扼殺了若干文化教育性的節目，但戲劇節目得天獨厚，它需要大量的觀眾，而商人提供節目，也無非需要大量的觀眾，殊途同歸，或可兩全其美。文學作家們，盍興乎來！

從電影到電視

音效

音效是對電視表演的一種輔助，猶綠葉之於紅花。這話是不錯的，同時也是不夠的。以舞會為例，舞會可以說以跳舞為主，音樂為輔；但是也可以假設音樂響了，卻無人下池，大家都坐在座位上發呆，所以如此，是因為某種特殊事故突然發生（例如他們突然聽到某一人物的死訊）。這時，音樂就不再是舞步的附屬。我們還可以假設，大家正在酣舞之際，音樂突然停止，舞池中所有的人都呆住，靜寂幾秒鐘後，樂隊改奏哀樂，在這種情況下，音樂簡直是表演的主體了。

在「岸上風雲」裡面，馬倫白蘭度站在鐵軌旁邊，對女主角自白如何受人指使而不知不覺中害死了她的哥哥。馬倫白蘭度剛剛啟齒，火車尖銳的笛聲即長鳴不歇，笛聲把他的話完全吞沒，觀眾只能看見他倆極為激動的表情，但笛聲所造成的緊張恐怖的情緒，實較「說出來」更為有力。亞歷堅尼斯主演的「賊博士」，有一場構想與此相近的戲，以亞歷堅尼斯為首的幾個竊賊，冒充是一個小型樂隊，賃屋而居。他們一面放唱片，使房東認為他們是在練習演奏，一面在音樂聲中密商行竊的步驟，這也比說出來好，「說出來」難免沉悶，不經濟。

音效設計不是一件容易的工作，即使僅僅用它來輔助人物的活動。在「霧夜浴血記」中，這一邊正在進行一連串緊張的情節，遠處卻有建築工程正在進行，打樁聲隱隱傳來，觀眾就可聽見劇中人的（或自己的）心跳。有些看過這部片子的人，可能已經忘了劇中情節，但是記得那沉悶而急促的咚咚之聲。「少女寶鑑」演一個少女因失足而悔恨自殺，她祕密的關室吞服安眠藥，伏案假寐，等待藥力發作，這時，音效設計強調掛鐘的鐘擺聲，將它的聲音放大若干倍，使它控制整個畫面，聽來如服毒者的心跳，也像是對生命的「讀秒」。——然後，服毒者伏几未動，鐘擺聲減弱，但是攙入了鋼琴上的高音DO，顯示了情況之急迫和事態之嚴重。——然後，服毒者的手臂垂下來，高音DO陡變為低音，顯示了心臟的衰弱和生命力即將枯竭。——然後，這個少女當然就是死了。這樣好的配音，不是經常可以遇到的。

用音樂來刻畫劇中人的心情，原為音效設計的基本任務之一，但運用之妙各有千秋。大衛連導演的「女大不中留」，新郎在初夜不敢走進洞房，經過幾番掙扎以後，導演用進行曲送他鼓勇邁步排闥而入，頗有喜劇效果。法國名片「恐怖的報酬」，演幾個貧苦的壯漢，貪圖厚酬，駕車運送極易爆炸的甘油，在崎嶇的山路上行走的故事。甘油分裝在三輛汽車上，其中兩輛俱在途中失事，只有一輛到達目的地，完成任務。這位躊躇滿志的司機，駕著空車回程，路上幻想如何利用冒生命危險賺來的錢好好享樂一番，對自己稍作補償，他這種想法，表現在影片裡的，是響起華爾滋舞曲，汽車亦搖擺而行，如踏舞步，汽車因此滾下山崖，全片成為最徹底的悲劇，華爾滋舞曲所引起的僅有的一點歡樂氣氛，徒增如夢如煙的幻滅之感。這一類安排，俱可寫入音效設計的教科書。

音效設計不但要經之營之使畫面有聲，也要經之營之使畫面「無聲」。無聲也是音效設計的一部分，正如空白也是美術設計的一部分。無聲有無聲的戲劇效果，「此時無聲勝有聲」，確為有得之言。伊力卡山導演的「薩巴達傳」，演到薩巴達之死，便有這樣的情景：軍隊四面埋伏，等待薩巴達入甕，而其人單騎緩緩而來。他走入火網的中心，四面槍聲如暴雨驟雷，只見他倒地不動，只見馬猶兀立槍聲戛然而止，四圍寂然。由於薩巴達在片中被處理成一個英雄，所以，這靜寂之中有嚴肅。若干秒後，薩巴達的坐騎長嘶一聲，飛奔奪門而出，軍隊所埋伏的射手，緩緩從圍牆後走過來。

另以「紅顏恨史」為例，雷米倫演一個工程師，被弗萊葛蘭傑目為情敵。這天，弗萊葛蘭傑帶著太太到夜總會看表演，發現座無虛席，僅有一個空檯子被雷米倫預定了，而那是一個位置最好的檯子。弗萊葛蘭傑看見雷米倫入座，不禁妒火中燒，走到那張檯子的對面，拔出手槍，連發三響。經過「身歷聲」的錄音和擴音，這三聲槍響有一種懾人的威勢。槍聲之後，音樂停止，表演停止，四座的嗡嗡之聲停止，一切不動，一切無聲，包括射擊者和被射死者。經過必須的靜寂之後，夜總會裡的群眾如夢初醒，離座奔逃，於是全場騷亂。在槍聲後，騷亂前，那片刻的寂然無聲，十分重要。

「無聲」還有一個傑出的前例，是「貝多芬傳」裡的主觀手法。正在作曲的貝多芬，他伸手按下琴鍵時，鋼琴突然沒有聲音。並不是鋼琴壞了，是他此時業已聾了。

有時，音效專家把一部影片裡的配音，全部納入一個大單元內，使全片的組織更為嚴密。「大鏢客」就是這樣辦的，此片一開始有一個更夫敲梆子，聲音節拍為一長兩短。自此以後，「一長兩短」的聲音，充滿全片。釘棺材的聲音，走路的聲音，槍戰的聲音，皆是。即使為了烘托氣氛而配的音樂，也是用一長兩短的節奏變化發展而成。這種音樂，又使觀眾立刻聯想到釘棺材及打更。音效設計的工作做到這一步，可謂盡了「設計」的能事。

電視的音質極佳，音效設計大有用武之地。雖然在技術上不易做得像電影那樣精密，但優秀的編導人員當然也不任其陋簡，以致貨棄於地。

小動作

電影不僅喜採大場面，卻也重視小動作。

小動作能使大場面有充實感，有回味，收到「小中見大，大小相成」的功效。

下面是一些例子：

在「玻璃絲襪」中，娓娜是一個由莫斯科派往巴黎工作的女間諜，她和她的上司、同事，在巴黎居住未久，即深深為西方的生活方式所感染移化，恍悟「為什麼燕子總是往西飛，這裡的氣候的確好得多。」於是他們的工作熱情銳減，表現在娓娜身上的，首先是她打字的姿勢與速度。當她初到巴黎時，坐在打字機前姿態緊張，十指齊下，機聲嘈雜；待她轉變以後，懶洋洋的伸出一隻手，用一個手指頭按字鍵。這一個小動作，非常凸出的表現了「士氣」的低落。

「鐵達尼沉沒記」是大場面堆成的，但每一個大場面中有許多小動作來充實它。例如，當這艘大輪船業已進水，船身業已微微傾斜，豪華大艙裡的遊客被蒙在鼓裡大家繼續玩樂。這時有一個客人，把手中的半盃飲料放在平坦光滑的檯子上，起身離去，鏡頭清晰的顯示出來，盃中飲料的水平面是一條斜線。以小見大，它有力的說明了鐵達尼號的危機。——然後，經過許多其他的情節，船上的乘客已知大難臨頭，慌亂不堪，大艙中人去艙空，寂涼無限，那半盃飲料還在那裡放著，盃中水平面的斜線更斜，終於，由光滑的檯子上滑下來，跌碎了！

安東尼昆在「血灑荒街」中演一個黑社會的強徒，為警察所追捕。最後，他被困在一座大廈中，與警察周旋，不慎失足墜下跌死。當他跌下來的時候，導演特地安排了一個饒有餘味的小動作，讓他伸手抓住一根竹竿，讓這根竹竿不能承受他的體重，折斷，然後再讓他跌地而死。有了「抓竹竿」這個動作，墜樓的老套變成了新戲。

希特勒是我們熟悉的人物，他在柏林最後戰役中的處境，被拍成好幾部影片，如所周知，他禁止部下抽煙，有一部電影從抽煙這個小動作上表現了靈感。希特勒在地下室的指揮部裡關起門來準備以手槍自殺，他的重要幹部數人在門外屏息等候他的死亡。室內寂然無聲，然後，一聲槍響。站在門外的納粹高級軍官聽見槍聲，不約而同的換了一幅「水落石出」的面情，不約而同的掏出香煙，朝著希特勒辦公室的門（這門仍在緊閉著），噴出煙霧。

「秋月茶室」極力想表現東方人的某種精神。就這個角度看，其中最好的一場戲，也許該推「茶室」被美軍司令下令拆除後，為茶室開業出力最多的馬倫白蘭度和穿和服的茶室女老板一同憑弔遺址。皓月當頭四無人跡，茶室雖已拆除，日式建築的屋基和地板尚在。他們倆照日本人的習慣，「跪」在地板上，女老板非常感傷的告訴馬倫白蘭度說，她將把秋月茶室的故事編成小曲，永遠彈唱，曲子會永遠流傳，馬倫白蘭度會因此不朽。說完，她舉杯向他邀飲，所謂舉杯當然只是一個手勢，事實上無杯也無酒。他在惶惑中也「舉杯」相對，兩人「一飲而盡」。接著是她的啜泣。這場最好的戲裡而最好的一個動作就是「無杯之舉」，抵得上多少悲歎繁華銷歇的詩詞。

由此可以聯想到日片「荒城之月」，若尾文子和根上淳夜坐山丘，月光如水，主題歌聲中，攝影機對著這深情款款的一雙情人作弦形運動，這時，露珠沿著草葉點滴下墜，若尾文子把白嫩溫軟的手，伸在草葉的下端，以掌心承接那些露珠。這個動作寫出了夜的荒寂，愛的純潔，整場表演因此免於庸俗。

提到日片，令人想起京町子所扮演的一個女盜首，她憑美色和權術控制一群強盜，同時與群盜中的兄弟二人發生關係，一面又從中破壞他們的手足之情。失去了理性的兩弟兄因此互相殘殺，可是，在致命的緊要關頭，他們覺悟了，轉回頭去殺京町子。京町子逃入一片竹林。三人展開一陣驚心動魄的逃避與追逐。最後，身負重傷的京町子逃到一尊大佛像前，倒下死了，死前還努力抬起右手去握大佛的一個手指，似乎是求援，也像是懺悔，死在佛像座下，是極好的場景，死前試圖攀援佛手，是極好的小動作，它使整個故事的意境為之昇華。

小動作所以能派上大用場，那是由於電影的鏡頭能向前推伸，拍出近景和特寫的畫面來。在這方面，電視有同樣的便利，而電視劇的畫面小，格局小，不易賣弄大場面，更需要憑小動作奏效。「以少許勝多許」，「由少少中見多多」，是電視劇的理想，也是使用小動作的著眼所在。這完全是可能的。像日片「二等兵」，它描述日本軍閥黷武徵兵，百名壯丁脫掉衣服接受體格檢查，檢查人員手裡拿著一枚很大的橡皮圖章，朝健康狀況及格的人肚皮用力一蓋，算是過關。這完全是稅捐處對付豬肉的辦法，那裡還拿人當人？本片編導所安排的這個動作，就透徹與淋漓的譴責了日本軍閥之蔑視人權。「殺人盈野，血流漂杵」之類的場面，固非電視所優為，而朝肚皮上蓋印這一類動作，則在客觀條件上毫無困難，真是又省又好，電視編導人員的才智，正應該多朝這個方向發揮。

良好的結尾

「良好的結尾，是成功的一半」。電影如此，電視劇亦然。

文學評論家常說，紅樓夢所以能成為高級悲劇，得力於寶玉最後出家。同樣的理由，「老人與海」

中的老人，倘若捕得大魚，滿載而歸，「恐怖的報酬」中的司機，倘若安然返回，狂歡終宵，均將大為遜色。

有一部名叫「捕蝶者」的電影，以一個心理變態的青年為男主角，他駕駛汽車，在女校附近擄走一名女生，藏在郊外的地下室裡，施以精神虐待，該女郎竟被折磨而死。男主角將死者埋葬之後，開了車子，重施故技，又綁架了一名女生。片中用蝴蝶標本的採集，象徵這個青年摧殘女性的犯罪習慣，本是一部名片。可是，此片在放映時，竟將結尾第二次綁票的一段剪去，並打出一張字幕，說該青年到警察局自首去了。這樣，不惟戲劇結構遭到破壞，全片的意境也因而低劣。

並不是說一定要悲劇收場，結尾一定要殘缺，才算「良好」。電視影集「法網恢恢」，描述一個叫康查理的醫生，蒙受殺妻的罪嫌，但事實上卻清白無辜。他逃亡在外，尋找真兇，艱苦備嘗。最後，案情大白，冤獄平反，他高高興興走出法院時，卻被汽車撞死。康查理的死完全沒有理由，引起觀眾普遍的反感。攝製這部影集的人特地另拍一個「大團圓」式的結局，讓康查理不但恢復名譽地位，同時也得到一個嬌妻，這一結尾，又令人覺得索然無味。可見何謂良好的結尾，是一個比較複什的問題。文評家每以「光明的尾巴」為詬病，事實上，結局光明，只要處理得當，仍可「良好」。且看幾個例子：

一、「玉面蛇心」是一個犯罪的故事，在片中，勞勃密契爾巧妙的謀害了他的岳母（他的太太也不是「好人」）。此片的結尾是，密契爾打電話叫計程汽車，不待車到，卻又在急迫的情形下坐在太太駕駛的車子裡走了。這夫婦倆在汽車中發生激烈的爭吵，雙雙因翻車而死。導演對翻車一幕，加工細寫，令觀眾驚心動魄。然後，鏡頭轉向密契爾夫婦所住的那一棟建築在高坡上的房子，一輛計程車駛到坡下，停住，按喇叭叫人。那棟大房子空空如也，但見風拂帷幔，不見人影。全劇即在計程車喇叭的餘音中緩緩閉幕。惡有惡報，不失為一個光明的結尾，但觀眾能感覺到劇中人的遺恨悠悠，也不失為一個很好的結尾。

二、「星海浮沉錄」。在此片中，詹姆斯梅遜和裘蒂迦倫飾演那文梅夫婦，這夫婦倆都是演員。那文梅因對自己失去信心，酗酒致死，生前行徑，亦有慚清議，給「那文梅」這個姓氏蒙上羞辱，但他的太太是有賢德、受敬重的，也是被同情的。本片結尾時，裘蒂迦倫登臺義演，她出場後，站在臺口，鏡頭對著她，全場肅然無聲。經過幾秒鐘的沉靜，她緩慢、響亮、有力的說出第一句話：「我是那文梅太太！」此語一出，掌聲雷動，導演以一個非常優美的拉鏡頭，露出臺下黑壓壓的觀眾，在黑壓壓的觀眾身上疊以"End"。這個結尾，論意義，發揮了人性向上的一面，論劇情，感人而有力。

三、法國名導演強・多拉瓦執導的「鐘樓怪人」，由安東尼昆演那個駝背的醜漢。此漢雖醜，卻多美德善行。此片最後一場戲是醜漢之死，最後一個鏡頭是對醜漢遺容的特寫。這個特寫鏡頭很長，只見人死之後，臉部的肌肉線條慢慢改變，一個「醜八怪」竟變得很「好看」。這個「好看」，包藏了許多許多光明的啟示，也散發濃烈的戲味。

四、即使是「嘉麗妹妹」那樣的結尾，也是光明而良好的。「嘉麗妹妹」是一個纏綿悱惻的愛情故事，最後，潦倒不堪的男主角，被迫接受女主角的賙濟。她給了他一張大鈔，可是，他乘她不在時悄悄打開她的錢包，把大鈔放進，祇取一枚小錢，黯然離去。這個結尾之「良好」，無待說明，至於「光明」，那是它表現了男主角對自己的人格尊嚴所作的奮鬥，對「愛情不求報償」所作的最大實踐。

我們承認，電影取材比電視有更多的自由。首先是技術上的理由，例如安東尼昆由醜變美的那個鏡頭，有賴光影的運用及多次化妝的剪接，電視不易辦到。其次，電視事業的性格與電影不同，後者已公認是藝術品的一種，受藝術理論的庇護，前者則被納入另外一種理論體系之中，受到比較嚴格的限制。一部中文譯名為「渴」的影片，描寫一隊士兵在敵人包圍下無水可飲，渴得發瘋，最後，指揮官不忍部下再受這種絕望的痛苦，開槍把部下統統打死，自己亦蹣跚而去，不知所終，這時，援軍及運水車才姍姍其來！這種結尾只應電影中才有。電視劇的結尾應該「溫柔」一些，對人生的態度隨和一些，縱有對立，並不破裂到底。電視的這種性格，應該受到尊重，可是，不能成為庸俗結尾的護術。

注重電影製片路線的人可以發現，在一九五〇到一九六〇年間，好萊塢有許多許多出品，在結尾的部份充滿了希望，人情味，對痛苦的補償或安慰。相較之下，歐洲的出品不免走極端，鑽牛角尖。那時代，美國人席豐履厚，電影事業興盛，許多電影製片家比較肯細心維護那個社會，兩大因素共同決定了多數影片的內容，其中不乏當代佳構。今日，雖說電影事業式微，但他們創下的先例，留下的成績，應為電視所繼承，並發揚光大。

對話

電影偏重用畫面來表現，不太倚賴對話。——這只是說，電影不像舞臺話劇那樣依賴對話，撇開對舞臺劇的比較，專就電影本身觀察，你會發現，對話仍然是電影內部很重要的一個成分。電影既是綜合的藝術，它要兼容並包，以成其大，決不輕易將語言的藝術排斥在外。

電影中的人物，常能口吐「金言」警闢雋永，一如散文大家篇什中的警句。在「地老天荒不了情」中，洛赫遜熱愛雙目失明的葛麗亞，要帶著她環遊世界。對一個盲人來說，旅行觀光原無多大意義，但洛赫遜與高采烈的對葛麗亞說：「我要全世界的人看你！」這句話的角度相當奇特，對劇中人及觀眾都能產生新的撞擊力，而又簡單平易，老嫗能解。

以角度奇特見長的對白，我們還可以舉出蘇珊海華的「明天我要哭」。蘇珊幼時，每逢跌倒在地，或受了什麼委屈，打算嚎啕一哭時，她的媽媽連忙對她連安慰帶鼓勵的說：「好孩子，今天別哭，明天再哭！」就憑這樣一句話，痛苦移轉了，當時忍住不哭，第二天事過境遷，更無哭泣的必要。因此，蘇珊幼時，比起同年齡的女孩子來，她流淚最少。可是長大以後的蘇珊蒙不白之冤，引頸待決，只有今天，已無明天！全部悲劇，一語道盡而又有餘不盡。

文學的語言，以善用譬喻為特色之一。在「狂想曲」中，維多里亞卡斯曼沉溺於音樂之中，只能偶然拿出幾分鐘來狂熱的對情人擁吻，於是他的劇中情人伊麗莎白泰勒抗議道：「我不能像個機器，在你伸手按鈕的時候馬上跳出愛情來！」西部片「最後的狩獵」中，羅勃泰勒和史都華格蘭傑互爭一女，這個女子本來傾心羅勃泰勒，可是不久暗中移情於史都華格蘭傑。別人還以為羅勃蒙在鼓裡，可是，他早已覺察，因為，「女人是男人的另一顆心，他知道自己的心什麼時候不跳了！」在一部表演謀財害命的B級片中，一個拜金主義者也能說出這樣新的比喻：「人是燈泡，錢是電流！」

佛蘭克辛納屈主演的「金臂人」，以吸毒為題材，其中人物有癮君子，中小盤毒販，緝毒的警察。本劇的特點是全劇對白沒有一句提到毒品（當然也沒有一處畫面涉及販毒吸毒的動作），完全使用譬喻、暗示及間接的烘托。這些委婉曲折的對白，透露了吸毒的嚴重性，也強化了吸毒的罪惡感。倘若把這些對話刪除、抽換或減少，「金臂人」這部影片，將不能維持它已得的聲譽。

在影片中，某一劇中人的一席話常能推動劇情的發展，使劇中其他人一致去做一件他們本來不願意做的事，或一致停止他們經之營之已久的事，一席話改變了一個人或一群人的命運，這是因為那一個人或一群人被那一席話所撼動，而觀眾認為劇中人的轉變自然合理，那是因為觀眾也被那一席話所撼動。撼動人們的思想情感，是戲劇對話主要的使命。

在大衛金導演的「百戰雄獅」中，勞勃楊中槍負傷，與他同行的史本賽屈賽用許多話激勵他，把他的生存意志鼓舞起來，使他不至於倒下，能繼續步行脫離險境。那些話說得實在好，觀眾會覺得，「如果負傷的是我，聽了那些話也會站起來。」

在一部叫做「電話勒贖案」的電影中，葛倫福特演一個銀行家，他的愛子為匪徒綁劫，勒贖五十萬美元。照匪徒通知的辦法，葛倫福特要在指定的日期內，穿一套白色西裝，在該銀行所購買的電視時間內出現，作為同意如數繳付贖款的表示，否則撕票。葛倫福特準備了五十萬元現款，如期帶到電視臺上去，他對那些目不轉睛望著螢光幕的綁匪說：「你們看，五十萬元在這裡，可是，你們永遠不能離開這些錢比現在更近，因為，我決不答應你們的條件。如果你們敢撕票，我就用這五十萬美元懸賞捉拿你們。這麼優厚的賞格可以買動任何人的心，包括你最忠實的幹部、最親近的朋友。甚至你們的手足兄弟、同床妻子，也會貪圖厚賞前來告密。那時候，法律會一個一個絞死你們，可是，如果你們把我的孩子放回來，我保證不追究，保證絕不在放回來的人質身上找破案的線索。」這一場戲非常精采。有如此精采的對白，才會有如此精采的戲。有了如此精采的戲，綁匪受到撼動，這才把肉票放在一條公路旁邊，任過往的車輛帶他去找警察。

劇中人向忌冗長的獨白，電影尤然，可是，精采的對白卻又例外。上述葛倫福特在「電話勒贖案」中的一段話就很長，有如發表電視演說，這並不是孤例。「巴頓將軍」一開場，巴頓對士兵的那一段訓話也不短，他說，美國人並不愛好和平。美國人從小就在橄欖球和拳擊中練習好勇鬥狠，美國社會崇拜成功的英雄，看不起失敗者。他以獨特的理由勸勉士兵做勇敢的軍人，沒有人嫌這一段話長。與此有「異工同曲」之妙的，有查爾頓希士登在「乳虎猛將」中的一段演說，他滔滔發表他的練兵理論，聲言要把「喝牛奶的孩子訓練成喝酒的男人」。這番話被時代週刊的記者聽了去，予以發表，弄得舉國譁然，造成這位軍官的調職。不論你是否贊成他的理論，你會認為他說得好，惟其說得好，大家樂意多聽幾句。在一部叫做「情聖」的影片中，有一場彼得馬紹爾講道的戲，毫不沉悶，他的講詞不但是宗教的，也是文學的，不僅是文學的，也是戲劇的，連不信教的人聽來也津津有味。

談到電影的對話，我們當然忘不了「馬丁路德傳」中有關新舊教義的幾場大辯論，忘不了描寫納粹戰犯受審的「紐倫堡大審」，忘不了卻爾頓勞頓的「情婦」。面對這些名片，誰也不能再說電影不重視對話，其中對話之多有如廣播劇；對話之好，已入化境。電視劇因受種種限制，運用畫面遠不及電影之自由、豐富，不能過於依賴畫面。在電視劇中，對話仍然是極重要的部分。如果說，電影也重視對話，電視劇應該更重視對話。電視劇作家取之於電影的，不僅是語言的省略，尤其在語言功能的發揮與提高。

道具

電影最擅利用「道具」做戲，自來水工廠的工人打架，用鉛管；酒徒在酒館裡最方便的武器，用酒瓶；漁民捉賊，用漁網；碼頭上的暗殺，凶器是起重機。用劇中人生活環境裡的物件添戲，既自然，又經濟。

電視劇的製作，最講究「經濟」，戲要好，不能超出那僅有的一點預算。利用道具做戲既然是很經濟的一種手段，當然應該向電影觀摩，電影所用的大道具，如直升飛機，汽車，起重機，未完工的自由女神像，固然沒有辦法搬進電視攝影棚，可是，既在攝影棚內布置一個漁家，少不得要掛上一張漁網；既然已經預備了漁網，又何不設法多派上一點用場？多派用場，是物盡其用，能夠物盡其用，就是盡了經濟的能事。

說到利用道具做戲，我們得提一提下列幾部影片：

一、「後窗」裡面的攝影機。「後窗」的男主角是一個攝影記者。既是攝影記者，屋子裡少不了有長短鏡頭的照相機，於是編導人員給照相機派上了很多用處：男主角從長鏡頭裡窺破了一樁謀殺案。他打電話給警察，警察不信，他打電話給凶手，對凶手施以「心戰」，引得凶手上門，企圖行凶滅口。這個記者原是個臥床養傷的病人，無法起身抗拒，而凶手恰好有某種目疾，畏見強光，於是攝影記者舉起相機，閃亮鎂光，用強光破壞對方的視力，遲滯對方的行動，爭取時間，等待援兵。在這部影片裡面，攝影機與劇情密不可分。

二、「一線生機」裡的電話。在這部影片裡，「生命線」的值班服務人員接到一個女人的電話，她自稱已厭世服毒待死，又堅不透露她待死的地點。「生命線」的值班人員只好巧妙的和對方攀談下去，使電話不致掛斷，一面透過電訊機構和警察局，追查電話的來源。他們向好幾個「可能」求證，看到各種不同型式的電話和形形色色打電話的人，最後，他們衝進一家旅館，衝進那個打電話的女人的房間，恰在此時，她進入昏迷狀態，觀眾在未見到她之前，先看到一具耳機吊在一根電線上，搖曳不止。在這部影片裡，電話機與劇情密不可分。

三、「日落大江寒」裡的棺材。美國內戰末期，南軍已被擊退，一個倔強的南軍上校，搶了北軍的一批軍餉，打算穿過北軍的防線，運回故里，圖謀再舉。他把搶來的鉅款藏在棺材裡，偽稱為戰死的女婿遷靈營葬，以逃避檢查。於是這具棺材，貫串全局，受到各種人的注意，有種種意想不到的遭遇，中途且一度隆重下葬，又在雨夜祕密掘出，誰知陰差陽錯，誤掘了一個強盜的屍體運回。其間波瀾起伏，都與一具棺材有密切關係。

四、「好夢連床」。這部影片由擅演床戲的瑪丁卡露兒主演，情節圍繞著一張名貴的床發展，此床本是王宮之物，曾經法王路易御用。現任國王嬖幸瑪丁卡露兒，就把這張床賜給她。不久，國內發生政變，君主政體被推翻，革命軍將此床沒收。但共和政府中的一位政要看上了露兒，據為禁臠，又把這張床還回來。一張床顯示了一個名女人的窮通變易，和她的生活水準的升降不定。

五、「盲人破巨案」。本片由「後窗」脫胎，「後窗」中的主角是一個斷腿養傷的記者，這裡是一個盲作家。「後窗」中的記者無意中發現了一樁謀殺案，這裡也是。「後窗」的主角以攝影機為武器，這裡主要的道具，則是錄音機。盲作家由范強生主演，他在咖啡座上偶然聽到鄰座的人密談，覺得頗有蹊蹺，就回到家中，把聽到的幾句話錄下來，反覆推敲，終於發現其中所包藏的陰謀。他不顧安危，介入此案，於是歹徒上門來殺他。他是一個盲作家，平時用錄音機寫作，家中擁有各型的錄音機多具，既預知歹徒今夜要來，他事先把對付歹徒的話錄好，把幾架錄音機放在不同的位置上，自己卻埋伏起來，暗中操縱。夜間，歹徒撬門而入，漆黑中聽見了范強生的聲音，開槍亂射，在錄音機的戲弄下驚慌失措，反被范強生擊昏。將此片與「後窗」前後參看，更容易發現用道具做戲的訣竅。

以一個道具貫串全局，是一種做法，只在某一場戲內使用某種道具，又是一種做法。亨佛來鮑嘉的最後遺作「逃亡」，有幾場戲巧妙的利用了手槍。在「黑岩喋血記」中，史本賽屈賽演一個獨臂老人，巧妙的利用了他的領帶和酒瓶。奧圖弗蘭明導演的「羅勃先生」以軍艦為背景，艦上有一株棕櫚樹，是艦長最心愛之物，由於全艦官兵都不喜歡艦長，這棵棕櫚竟演成為一件微妙的東西，使艦上橫生許多妙趣。羅利卡涵在「赤血軍魂」中淘金，歷盡艱辛之後，金元找到了，敵人也跟蹤而至，於是，得到金元的一方，連忙把一袋一袋金元堆起來，做成簡單的防禦工事，展開槍戰。他們拿整袋的金元做砂包，做道具。後來，裝金元的口袋被子彈打穿，金元嘩喇嘩喇往外流，防禦工事一寸一寸變矮，最後工事崩潰，金元滿地，貪心的人陳屍在金元之上。有這麼一場戲，足為全片生色。

電視劇的場地小，人物少，布景簡單，應該發展道具戲，以增加劇情的活潑與充實。現在的電視劇，尚未遑及此。試看螢光幕上，每個女學生都拿一本洋裝書，這本書的惟一用途，就是證明她識字。每個家庭都有花瓶，瓶中甚至忘了插花。以民初為背景的戲裡，老年人大都拿一枝長桿的煙袋，也只是拿著抽幾口而已。民初的軍閥時常入戲，他們的長筒皮靴是一件戲劇性的東西，可是沒有誰好好利用過。許多電視劇裡都有過生日的場面，吹蠟燭，切蛋糕，千篇一律，很少有人想到蛋糕是「道具」，並不是一道點心，吃掉了事。

電視劇的「節省」

電影常常鋪張場面，炫弄繁富，但也常常講求「節省」。對電視而言，節省可學也，鋪張炫弄不可學也。

所謂節省，是指如下的一種手法：在「F58飛虎英雄傳」一片中，一位空軍英雄首次試飛軍刀機，失事殉職，只聽見機聲呼嘯掠過，只從無線電裡聽見一聲「操縱不靈」，只見遠處地平線上冒出一縷黑煙，然後，無線電裡傳來指揮塔的呼叫：「有誰看見降落傘沒有？有誰看見降落傘沒有？」這一幕，省去了飛機墜地的景象，而效果仍然十分悲壯。除了「地平線上冒煙」以外，很容易在電視公司狹小的攝影棚內做出來。

奧迪梅菲的自傳式影片「百戰榮歸」，有許多轟轟烈烈的戰爭場面，為電視劇所未遑，但其中也有極節省的手法，例如，在槍砲聲中，奧迪梅菲衝進一座民房，房內也有一個全副武裝的人影向外衝來，奧迪梅菲立即開槍掃射，把對方稀里嘩喇打落在地。——原來那是一具穿衣鏡，奧迪梅菲所射擊的，是鏡中自己的影子，這一幕，演出了奧迪梅菲的機警勇敢，演出了戰爭的慘烈驚險，而所需空間及道具都很少。

有一部由愛德華魯濱遜主演的片子，中文譯名也是「法網恢恢」，其中提供了更為有趣的例子。愛德華魯濱遜本來是一個檢察官，因為誤控一個無辜者為殺人犯，造成冤獄，在輿論壓迫下去職，轉業律師。此片一開始，即是一個美女正在沖洗淋浴，胴體畢露，使觀眾心旌搖曳。不意浴室的門被輕輕推開一條縫，輕輕的伸進來一隻握槍的手，那隻槍瞄準，發射，連續五響，美女倒地斃命。這場戲不到兩分鐘，卻極有效的描寫了凶手的殘忍。分析起來，在這裡安排出浴的鏡頭是「大學問」，惟其正在出浴，觀眾正充滿了憐香惜玉之情，對凶手才有不可遏止的憤怒與厭惡。凶手連發五槍也是「大學問」，剛柔的對比強烈，見出凶手的狠辣。槍槍打在美女身上，也打在觀眾心上，連續的刺激使觀眾覺得太過分、太不可忍了。

劇情的集中可以節省演員，演員的節省又可以集中觀眾的注意力。哈羅法蘭士為倫敦公司拍攝的一部影片可以為例。在這部片子裡，法蘭士愛一個紅髮的女郎，但是未能結成眷屬，從此，這個紅髮女郎的影子就深深印在他的心上，雖然結了婚，仍然情不自禁的要找紅髮女郎去愛。

他因此瞞著太太，與一個紅髮女郎熱戀。因故分手之後，又與一個紅髮的舞女祕密同居。他愛這兩個紅髮女子，一如愛他初戀的情人，覺得失去的人有了替身，人生的缺憾得到補償。本片結尾的部分，是法蘭士年事已老，髮鬢皆白，在一處宴會上與初戀的情人重逢，她仍然滿頭紅髮，但是也老態蹣跚。這次重逢完全是意外，彼此差不多已經互不相識，兩個人站著，彼此隔一段相當遠的距離，你望我，我望你，始終未曾說一句話。在這部片子裡，所有的紅髮女郎都由一個叫 Moirg Shearer 的女星擔在。

蘇菲亞羅蘭和威廉荷頓合演的「情鎖」，以二次大戰中的拖船船隊為背景，這種船隊在港口待命，每逢美國的貨輪在海上遭受轟炸或被潛艇襲擊，拖船立即趕往援救落海的船員。但這種拖船是沒有武裝的，往往它們趕到出事地點時，德國潛艇仍逡巡未去，結果反被擊沉。因此，拖船船員的死亡率很高。「情鎖」中當然有許多沉船的鏡頭，不在話下。本文要向電視作家介紹的是另外一場戲：威廉荷頓奉命駕船出海之後，蘇菲亞羅蘭關心他的安全，憂心忡忡，坐臥不寧，想在壁爐中生火，怎麼也點不著。這時別人過來幫她，拿一張報紙封住爐門，只留下端一條空隙，使爐內空氣的流速增加，爐火立即熊熊燃起，火舌把爐門上的報紙也燒毀了。這張報紙經過特選，上面印著一艘大船的照片，爐火恰從船身燒破，蘇菲亞羅蘭看在眼裡，認為是不祥之兆，尖聲驚叫，昏倒在地。——然後，消息傳來，威廉荷頓的那隻船果然被擊沉了！這是何等聰明的「節省」！

電影常以象徵的方法，增加密度，製造複式效果，同時也省去對劇情的若干解釋說明，頗值得電視取法。日片佐伯清的「塞班島之子」，原名「母子像」，寫母子之間始終不能互相諒解的倫理悲劇。該片一開始，就是兩座石像，一座為母，一座為子，兩人互相招手，準備互相擁抱，可是兩人中間始終有不能縮短的距離。忽然，石像動了，彼此靠近了，攜手了，其實不是石像動，是池水起了漣漪，是石像在水中的側影變形，反而變得相當醜陋。風定波平，母子之間距離依舊。這是全劇的象徵，並且為劇情下了宿命式的註解。音樂家華提的傳記片「曲和淚」，用米蘭狂歡節化裝遊行的面具，象徵華提的孩子死亡。華提在外受挫回家，走到門口，遇見遊行的隊伍，看到那些面具，這時，他的孩子已斷氣，他猶不知。化裝遊行非電視劇所易辦到，假設遊行已過，華提從地上拾起遊行隊伍遺落的面具，應無困難。在「櫻花戀」中，馬倫白蘭度和高美川子是殉情而死的，他們死前，導演以一場木偶戲，介紹東方「生則同衾、死則同穴」的戀愛觀，順便也介紹了一種東方藝術，這種「戲中戲」的方法，也是電視在技術上能夠辦到的。

「正寶塔式」寫法與廣播電視新聞的關係

新聞寫作的基本格式中，有所謂「正寶塔式」，它的意思是，新聞內容愈往「下」愈重要。這個名詞，是我國新聞學自外移植而來的一個記號。「蟹行文字」自左而右，自上而下，橫行書寫，因此新聞內容的配置，有「上」重「下」輕抑或「上」輕「下」重之分。因此，一條新聞寫成之後，受專業訓練的人能從中看出正寶塔或倒寶塔的形相。在我國的報紙上，文字一向自右而左直行排列，新聞內容輕重配置所能顯出來的形相，不是正寶塔或倒寶塔，而是一座「睡寶塔」：它頭朝東睡抑或頭朝西睡。

報紙是「空間性的藝術」，在遼闊的面積上，自可有一座又一座寶塔或正或倒或立或臥的顯影。電視和廣播是「時間性的藝術」（電視畫面的構成是另一問題，不在論列），電視新聞和廣播新聞寄身於一段時間之內，與時俱生，與時俱滅，觀眾和聽眾對新聞不能保存，不能覆接，不能把順序在先的新聞留後，也不能把順序在後的新聞提先。以塔喻，廣播新聞和電視新聞不能一覽無餘展出塔的全形，而是一會兒露出一層，一會兒再露出一層，如果它先露出第一層，再露出第二層，當它露出第二層時，第三層不可預知，第一層已經消失不見了。在這裡，新聞不再是正塔倒塔或睡塔的問題，而是先讓大家看見塔尖或先看見塔底。先露出塔尖的新聞，相當於正寶塔式，先露出塔底的新聞，相當於倒寶塔式。

先看見塔底抑或先看見塔尖，有時候，是一件頗為重要的事。「屢戰屢敗」改為「屢敗屢戰」是一個很現成的例子。先出現戰字，後出現敗字，使人有氣勢衰挫之感，倒裝過來，聲容立刻一振。「平地起樓臺，樓臺成平地。平地兮樓臺，樓臺兮平地」。末兩句將「平地」和「樓臺」兩詞出現的順序互調一次，竟造成兩種感慨，兩般滋味。如果報導「適有奔馬，踐死一犬」的事件，告訴人家「一匹馬掙斷了韁繩，逃走了。它踢死了一隻狗。」或告訴人家「狗死了！給一匹馬踢死的。那匹馬掙斷了韁繩，逃走了。」效果是不同的。狙公賦茅，「朝三暮四」和「暮四朝三」能引起喜怒兩種反應，寓言之中不無至理。

瀏覽國內的報紙，可以得一印象，國內新聞似乎是「倒寶塔式」的天下，「正寶塔式」不過是偶然一用的變格。倒寶塔式的新聞，內容重點寫在一篇之首，編者便於做標題，讀者便於選擇新聞，排字房拼版時也便於刪節，可以說是一舉數便，難怪報紙樂於倡用。但廣播及電視的性能，與報紙不同，在廣播及電視的新聞時間裡，倒寶塔式已不再有那麼多的優點存在，而「開門見山，雷大雨小」的結果，反而易使聽眾觀眾索然失味。從廣播及電視中接受新聞報導，最好像顧愷之吃甘蔗，「漸入佳境」為妙。正寶塔式，也就是內容重點放在後面的一種寫法，比較能夠得到好的效果。所

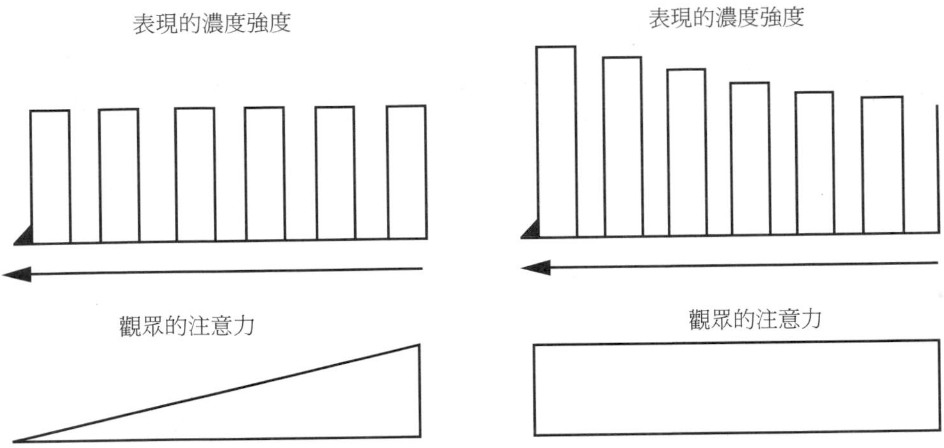

以，在廣播或電視中，原該是「正寶塔式」的天下。

再說一遍，廣播和電視都是「時間性的藝術」，從事這種藝術工作，不能不在一定的時段內完全吸住群眾的注意力。在一般情形下，群眾的注意力是與時遞減的，時間性的藝術工作在必須阻止這遞減，它的方法，是使它的「表現」，濃度強度與時遞增。下面有兩個簡圖，可以幫助說明這種消長的形勢，上一圖，是「表現」的濃度與強度逐漸增長，繼續使觀眾全神貫注；下一圖，是「表現」的濃度與強度一成不變，結果觀眾的注意力就渙散了。圖中間的箭頭，表示時間的進行。

一個登臺表演特技的人，先以雙手拋弄三個鋼圈，一分鐘後，增加為四個鋼圈，再過兩分鐘，鋼圈不但變成五個，而且可以一手移到背後，使五枚鋼圈在空中圍著他團團飛轉。他的表演愈往後愈複雜，愈往後愈困難，藉以激發觀者的興味，補償觀眾的疲勞，使觀眾的注意力不致轉移。特技表演是一種時間性藝術，他倘若一出場就把五枚鋼圈一齊拋去，玩了兩三分鐘以後，再減為四個三個，還有什麼可看？舉此一隅，可以反三，事象雖殊，原則相通。

人生中充滿了大大小小的事件，其中一部分構成「新聞」。事件的自然面目，也就是說「新聞」的原始形式，大半是正寶塔式的。任何事件差不多都是「大風起於萍末」，「履霜堅冰至」，開始微小，積小成大。人活在世界上，對世相應接不暇，觀之不足，原因在此。倘若人生中所充斥的事件都是「倒寶塔式」的，人生將更令許多人感到失望和乏味。

事件的自然面目雖然多半屬於正寶塔式，而事後敘述的形式卻多半是倒寶塔式的。不消說，「結果」在事件中占比重最大，在時間上又距離最近，「結果」給人的感受，跟事件中其他部分相較，通常總是更大更深。奔走相告的人，骨鯁在喉，先吐結果，然後徐徐補充，自是人情之常。甲同學告訴乙同學：「張瑪麗出國了！」這就是倒寶塔式。張瑪麗上飛機是昨天的事，甲同學機場送別還掉了幾滴眼淚。她不會先從張瑪麗兩年前申請國外大學的獎學金說起，那件事對甲同學的意義要小得多了。

如此說來，主張使用正寶塔式報導新聞，大致是主張報導者不要輕易改造新聞事件本來的樣相。那樣相，原是由時間孕育形成的。例如王維的一首詩：

渭城朝雨浥輕塵，
客舍青青柳色新，

勸君更進一盃酒，
西出陽關無故人。

全詩的高潮在最後一句，這一句詩已成為「千古名句」。這一句所以要放在四句之末，因為「勸君更進一盃酒」的動作在先，想起或提起「西出陽關無故人」在後。自然的順序如此，正寶塔式的結構亦如此。王維這首詩的寫法，也恰恰如此。「陽關三疊」變更了這順序，其中一疊把「西出陽關無故人」一句移到前面來，打破了正寶塔式的結構，相較之下，可免減色。

下面的這條新聞，亦復如是：

「二十三歲的女郎許明子，昨天由馬公趕來臺北，到臺大醫院探望她受了重傷的未婚夫。許明子走進臺大醫院的時候，她的未婚夫剛剛進了太平間。」

「許明子的未婚夫叫王發揚，臺北市人，三天前被汽車撞傷，頭骨破碎，一直昏迷不醒。」

「在臺大醫院的太平間裡，許明子看著未婚夫的遺體，沒有哭。她緊緊抿著嘴唇。」

「她緊緊抿著嘴唇走出太平間，緊緊的抿著嘴唇走上樓梯。她爬上醫院的樓頂一跳下來，臥倒在地上。醫生跑來救她，她已經死亡。」

雖然「事件」的自然面目「多半」重點在後，恰恰適合正寶塔式，但是，當然不是全部。有若干事件，重點自然在前，反而像是一座天生的倒寶塔。在這些倒寶塔式的事件中，有一部分（也不是全部）值得改成正寶塔式，因為改了以後更有可讀性，平庸的倒寶塔能改成精彩的正寶塔。像李白的這首詩：

越王句踐破吳歸，
戰士還家盡錦衣，
宮女如花滿春殿，
只今唯有鷓鴣飛。

詩人憑弔吳宮舊址，先看見「鷓鴣飛」，而後產生「錦衣戰士」和「如花宮女」的想像。可是，「只今唯有鷓鴣飛」一句如果在前，這首詩就平庸無奇，移到最後，卻沉雄有力，它將前三句所渲染的繁盛景象一掃而空，給人一種難禁的悲涼，太白的這首詩，因此成為神品。「而今只有鷓鴣飛」一句是全詩的高潮，金句，是金字塔的塔基，它在最「下」，正是正寶塔的格式。

「福崗警察局昨天破獲了一件竊案。」

「上月底，美國駐日使館的保險箱被人撬開，偷走一萬一千元美鈔。昨天，福崗警察局捉到這個竊案的嫌疑犯。」

「福崗警察局立刻展開大規模的人事調動。因為，這個嫌疑犯是正在福崗警察局服務的一個警員。」

這條新聞的布局，幾乎與李白的那首詩相同。

倘若敘事較長，而敘事時又採正寶塔式，那麼敘事內容逐漸加大的痕跡更容易看出來。例如：

㈠亨利看報，從分類小廣告中看見有人招尋一隻手鐲。(開始，無關緊要)

㈡亨利到警察局，報告他拾到了這隻手鐲。(第一次加大)

㈢他要求警方派一便衣警察，陪他共同去歸還失物。(第二次加大)

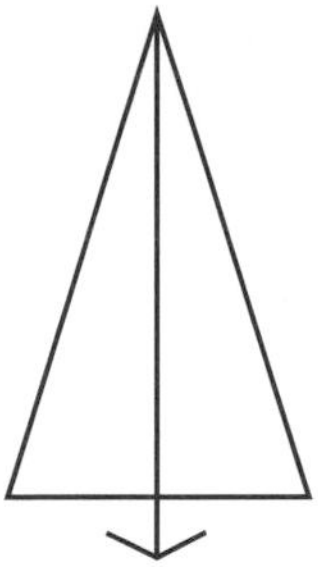

㈣亨利與便衣警找到失主，是一位美麗華貴的女郎。(第三次加大)

㈤女郎問如何酬謝亨利。亨利說：「把皮夾還給我好了。」(第四次加大)

㈥女郎斥亨利胡說，而便衣警取出手銬。(第五次加大)

㈦女郎面色慘白，說：「想不到手鐲會掉進你的口袋裡。」(第六次加大)

㈧便衣警說：「最近一連發生了十九件大竊案，都還沒破呢！」(第七次加大)

這裡，很容易看出，為「逐漸加大」而採用了顛倒時間順序的辦法。例如亨利被人扒走了皮夾，而袋中無緣無故多出一隻女鐲，其事在前；當地發生許多竊案，其事也在前，現在都特地移到後面來，以便「聚字成塔」——正寶塔。從理論上說，內容既逐漸加大，讀者聽眾的注意力除了不致減退以外，也可能逐漸增強。那麼，這座金字塔就是如此這般形成的了。

任何能夠征服時間的作法，都值得廣播或電視的工作者注意。不過，「正寶塔式」發展到現在，技巧複什而風格不一，有時不免犯了文人玩弄格局的舊病。像下面這一條報導，在「顛倒時序，逐漸加大」方面無懈可擊，但頗失嚴肅，只能列入「寄沉痛於悠閒」一類了：

「大名鼎鼎的專欄作家溫契爾，十五日下午走進他的辦公室，四周的寂靜使他有一種不祥的感覺。」

「他聽不見工廠裡電動排字機和印報機的聲音，也聽不到打字機鍵盤上敲出的急響，隔壁辦公室電話在響，也沒有人接。」

「他再走進三樓採訪部，也是一片愁雲慘霧，記者們枯坐抽煙，沒有寫稿的心情。」

「照理說，一件多日以來傳聞中的謠言，現在終於成為事實，應該是一條重要的新聞，但大家都不因為搶到這條新聞而感興趣。」

「在採訪部的邊角上，有一個人在敲打字機，他是採訪喪禮寫訃聞的記者。」

「溫契爾的女祕書走來了，遞給他一張長方形的字條，上面寫著：『本府少東紐約鏡報久病不起，昨日壽終正寢於東四十五街三三五號寓所，享年三十九歲。葬禮定於十四日上午十一時在東四十二街二二〇號紐約每日新聞社舉行。』」

「全美一千多家報紙中，紐約鏡報的銷路占第二位。這家受全國歡迎的報紙，竟在今天宣布停刊，使得許多家報紙都以頭條新聞來報導這項意外消息。」

電視劇的節奏

什麼是節奏

運動體在運行途中所呈現的疾徐、抑揚、輕重、長短、停頓和連續等等動態，稱為節奏。拿士兵齊步走做例子，步幅和步速使齊步走發生一種簡單的韻律，用線條表示，可以畫成：

— — — — — — — — — —

節奏貴乎變化，齊步走的步幅和步速都經過嚴格的制式訓練，力求整齊一致，因之，節奏簡單而呆板。如果拿它和指揮官喊的口令「一二一，一二一，一二三——四」相比，後者要活潑一些。因為：

一、前兩句，兩個奇數中間夾一個偶數，有輕重變化。

二、一之後為二，二之後復為一，一句中有迴旋變化。「一二一」之後又來一句「一二一」，兩句中有迴旋變化。

三、第三句增為四個數字，前兩句每句只有三個數字，形成輕重及長短變化。

四、前兩句雖然短，但是兩句可以合成一組，與後面的一長句分庭抗禮，可以看成是兩個長句。兩長句彼此保持均衡，但各句內部的結構迥異，對照之下有輕重長短等變化。

五、第三句，前三位數（一二三）與末一位數（四）中間停頓一拍。一句分成兩節，前一節三個數字，後一節一個數字，但兩節勢均力敵，形成輕重、長短、疾徐及頓挫上的變化。

用線條表示這口令，可以畫成：

如果有人走路時忽快忽慢，忽停忽進，步伐忽大忽小，口令也忽長忽短，忽輕忽重，忽斷忽續，它所形成的節奏，自然要比方才我們所分析的口令更要複雜百倍。真有人這樣「走路」嗎？如果有，不外兩種人，一是瘋子，一是舞蹈家。瘋子的舉動並未經過設計，節奏異常混亂，不合藝術要求，用規範的說法，也可以認為那樣是「沒有節奏」。舞蹈家則不同：他的舉手投足，前進後退，與樂聲的輕重長短相應，共同表現出美好的節奏，來使觀眾產生美感。用規範的說法，這才是「節奏」。

我們可以說：凡是運動體在運行途中，都產生節奏，但不一定是美好的節奏。美好的節奏是根據表現上的需要，設計出運動體運行時的「動態」來。

什麼是電視劇

在這裡，我們把電視劇當做一個運動體。電視劇由九點五分播映到九點五十五分，正如一隊戰士由郊外走回營房，或一列火車由臺北開往高雄。

凡運動體一定發生節奏問題，這問題，並不因為你忽視它而不存在。火車在原野中奔馳，目的不在供人觀賞，節奏如何，無關宏旨；電視劇則是供人觀賞的，戲劇工作者在推動這個運動體時，照例對它運行的節奏刻意經營，妥加變化，使節奏成為一個值得觀賞的條件。因此，我們把電視劇當做一個供觀賞的運動體。

凡供人觀賞的運動體，都有一個特點：過程比結果重要，手段比目的重要；或者說，同樣重要；或者說，過程和手段即是結果和目的。這種彈性頗大的說法，容納了不同流派的主張，只有「載道說」似乎除外了。依「載道說」，電視劇也是一列火車，車上所載的不是觀光旅客而是「道」，他們最關心的是如何把「貨物」由臺北運抵高雄。事實上，這種叫做電視劇的「車」，可能由臺北疾馳至新竹，卻由新竹慢慢蝸行至竹南，當其駛近斗六時，又可能騰空躍起，由嘉義頭頂上飛過。然後又輕輕的滑行五十公里。如果它載有某種貨物，必須以不妨礙表演性的跳躍搖曳為原則。電視劇和其他供觀賞的運動體面對同一的課題：何時該快？何時該慢？何處該輕？何處該重？何處宜停頓？何處宜延長？……如何才可以使觀眾看得舒服、看得陶醉、看得入神忘我？總之，如何成為一種具有優美節奏的運動體？

形成節奏的要件

一、人物動作

戲劇是演員向觀眾有所表演，電視劇自不例外。我們所以說它是一個運動體，理由之一是因為劇中的人物一直在動作，並且一直向前延伸他們的動作。動作的快慢輕重及頓挫，足以產生節奏。舉例如下：

㈠快——例如《紅樓夢》中的茗煙鬧學，大體上說，是一小串比較「快」的動作。

㈡慢——例如《紅樓夢》中的黛玉葬花，大體上是一串比較「慢」的動作。

㈢輕——雲淡風輕近午天，依花傍柳過前川，淡雅的樂趣，舒緩的心情，為「輕」動作。

㈣重——峻嶺失足，風濤覆舟，衝冠一怒為紅顏，為「重」動作。

㈤頓挫——《紅樓夢》中，賈府因發現繡春而搜索大觀園，奉命執行搜索的人跟探春嘻皮笑臉，被探春打了一個耳光。這一耳光是快動作，也是重動作。如果導演處理這場戲，在清脆的耳光聲後，立即使全場鴉雀無聲，愕然木立，這靜止的片刻就是頓挫。

二、鏡頭運動

像電影一樣，電視劇是通過鏡頭來表現的，劇情一個鏡頭又一個鏡頭向前推進，一如士兵之一步又一步前進，二者都產生節奏問題。步行時，這一步與下一步的差別不大，電視劇向前運行時，這一個鏡頭與下一個鏡頭間的差別可能很大，所產生的節奏問題比較複雜，也比較重要。

鏡頭運動時的動態，約略如下：

㈠攝影機將「對象」攝入以後，過多少時間才切斷？這形成鏡頭的長短問題。

㈡攝影機將「對象」攝入以後，切斷以前，是否改變與「對象」之間的距離？這形成鏡頭的推或拉的問題。

㈢攝影機將「對象」全部攝入，或一半攝入，或僅將特點攝入？這發生遠景、中近景或特寫的問題。

㈣攝影機為了轉換影像，並不改變距離，僅向上下或左右延伸視界，形成搖鏡頭的運用問題。

㈤上一個影像切斷後，如何與下一個影像連接，產生跳接或溶接諸問題。

長鏡頭較慢，較重。

短鏡頭較快，較輕。

推鏡頭較重。快推較短，慢推較長。

拉鏡頭較輕。快拉較短，慢拉較長。

遠景較輕。

特寫較重。

搖鏡較長，較慢。

跳接較快，較短，較輕。

溶接較慢，較長，較重。

上述種種因素的互用，可以得到你所需要的節奏。

三、音樂

音樂是一種極其講究節奏的藝術，它完全由音的輕重長短強弱（加上休止）所構成，不像我們日常語言有明顯的「意義」占據了聽者的注意力，所以它的節奏也最易被覺出被感到。在電視劇中配上音樂，使抽象的音樂和具體的劇情在兩度空間中平行運用，主要的目的即在使戲劇的節奏明顯，也使戲劇的節奏強化。

從整體說，音樂是電視劇構成節奏的一個條件，它的節奏應包含在電視劇節奏之內。不過，為觀察方便，我們也可以把音樂的節奏單獨提出來，與劇中其他節奏作一比較。音樂節奏與其他節奏產生三種關係：相加、相逆及相代。

音樂節奏與劇中節奏相加，使劇中的節奏更加明顯，更強化。

例一：小狗與小白兔互相追逐，互相戲耍對方，動作敏捷，許多短鏡頭跳接。這時，樂聲是一連串密接的短音並多用輕音。

例二：一個長途奔波的人饑渴困乏，步履艱難，用身體拖著兩條腿一步一步慢慢走，長鏡頭，全景。這時，樂聲中反覆出現低音長音。

音樂節奏與劇中節奏相逆，以造成特殊效果。

例一：一人臥軌，火車隆隆駛近，車頭壓越過了臥軌者，車輪繼續輾進，音樂忽改為慢節拍的以長音低音為主的節奏，有哀樂的意味。

例二：獨腿人有急事趕辦，走路很慢，但音樂亢急，顯出他內心的焦躁，又好像觀眾在催促他加快。

以音樂的節奏代替劇中應有的節奏。這情形，多半發生在鏡頭和人物動作暫時靜止的時候，這時，音樂可以喚起觀眾的想像，使他們從靜中看出動來。

例一：特寫，一個將軍騎在馬上的畫像。音樂：軍號聲。想像：將軍馳騁疆場。

例二：自殺者服過量安眠藥後昏迷，畫面靜止。音樂：急驟高昂，片刻後轉為低、長、慢。想像：死前的掙扎與生命力的衰竭。

電視劇配音除了使用音樂以外，還使用音響，音響與節奏也有密切關係。例如，自殺者服藥昏迷後，配音可以用很強的鐘擺聲，像是垂死最後的心跳，又像是為他的生命「讀秒」。片刻後，鐘擺聲降低，有脈搏微弱、餘時無多等意味。

怎樣設計節奏

除非加以設計，我們不能在戲中得到「藝術性」的節奏。沒有「藝術性」節奏，這齣戲會使觀眾不舒適，疲倦，無法集中注意力。設計節奏，遂成為導演、導播乃至編劇的看家本領之一。

設計節奏既是藝術性的工作，其精細微妙處自不易言詮，只能就基本要領略見其粗枝大葉：

一、掌握時間

節奏是時間性的藝術，掌握節奏必先掌握時間。每一個設計節奏的人，首先要考慮他一共有多少時間——一小時抑或三十分鐘。有了時間以後，他再考慮這段時間之河以內應該「流過」一些什麼樣的「水」。時間的藝術在設計階段可以先作空間處理，像音樂的作曲便是。設計音樂節奏已有公認的精確有效的符號，設計戲劇的節奏還沒有這種符號可用，多半憑興至意到，傳習亦止於心領神會。當然，他們也可以先拿一張白紙，一根鉛筆，把節奏先畫下來，用他自己「獨創」的符號。他用一些簡略的符號提醒自己，在某一齣戲開始兩分鐘應該如何做，以後三分鐘又該如何做，以下類推。大原則是：第一，節奏要有變化，「朝見黃牛，暮見黃牛，三朝三暮，黃牛如故」，這樣的節奏是可怕的。第二，節奏要統一，通常不宜前半部太快，後半部太慢，或首尾都翻江倒海，中間的一大部分卻輕攏慢撚。

二、掌握內容

節奏與內容原不可分，「形成節奏的要件」中已約略述及。我們為了認識節奏，發現節奏，嘗試暫時把節奏從整個的戲劇中抽離，等到我們實際去運用節奏時，又需使離者復合，融泯如一。節奏是人物動作、鏡頭運動等因素形成的，而鏡頭運動等手段，又是根據全劇所要表現的內容所採取的，處理什麼樣的「內容」，用什麼樣的手段，因之，產生什麼樣的節奏，這是「由內向外」。如果由內向外而生的節奏局部失宜，在大醇中成為小疵，我們覺得這一部分需要加以調整，也可以為了設計完美的節奏修改這一部分內容，這是「由外向內」。前者，節奏適應內容；後者，內容適應「節奏」。這是創作過程中的斟酌損益，等到作品完成，節奏與內容就渾然無跡，如火之於光，霞之於色了。

由內容出發，「屋漏偏逢連夜雨」是一種節奏，「一日看盡長安花」是另一種節奏。「將軍陣前半死生」是一種節奏，「美人帳下猶歌舞」是另一種節奏。寶玉把貼身佩帶的玉石解下來，眾姐妹傳觀，是一種節奏；寶玉把這塊「命根子」由枕下取出，往地上猛摔，又是一種節奏，這是「雞生蛋」。

由節奏出發，「僧推月下門」改為「僧敲月下門」的故事，很值得我們玩味。和尚一路行來，走到寺院門前，一推而入，節奏似嫌平板單調。如果他「敲」門，腳步聲和敲門聲之間有輕重變化，同時，他停下來等小和尚來開門，產生「頓挫」。從節奏著眼，敲字較佳，這是「蛋生雞」。

三、把握要素

依「形成節奏的要件」，設計節奏就是設計人物動作、鏡頭運動和配音。如果我們改寫「三娘教子」為電視劇，並且打算把「將家法重重舉起、輕輕落下」一場處理成如下的節奏：

——｜｜——｜｜—

這節奏很像四步舞曲的「蓬恰恰、蓬恰恰」，即「重、輕、輕、頓，重、輕、輕、頓」；也是「長、短、短、頓，長、短、短、頓」，也是長鏡頭（或特寫）之後繼以兩三個短鏡頭或全景；也是劇中人在一個比較嚴重的動作（或表情）之後繼以好轉或減輕。也是三娘把棍子舉起來，停在孩子頭頂上空，然後把棍子丟下，走到飯桌旁邊坐下。也許三娘並不吃飯，掩面飲泣，老薛寶把少東拖到書桌旁，並替他打開書本，少東滿面愧色，裝出讀書用功的樣子。

然後呢，然後節奏當然有改變，一切要素也跟著起了改變。

我們在討論鏡頭運動時，提到不同的運用方式「相加」；討論音樂與電視劇節奏的關係時，提到配音的節奏與劇情「相逆」。現在，容我們進一步指出，不僅鏡頭運動和配音有這種變格，其他各要素也有。例如，希區考克曾經用「一鏡到底」的辦法來攝製一個緊張曲折的故事，劇中人物動作的節奏雖有變化，他並不換用短鏡頭。他這樣在二者之間造成「逆差」，這逆差卻加重了觀眾「後來到底怎樣了」的懸疑。短鏡頭所呈露的只是一點浮光掠影嗎？也不盡然，唯其短，有時反而像錘頭敲釘子一樣釘進人的腦子裡，——只要運用適當。在理論上，能造成節奏的每一個條件都可以相加使用，也可以逆差使用。它們排列到組合的可能性相當驚人，因此「節奏」所可能組成的花式難以計算。當然，局部相逆，仍與全局謀取協調，局部相逆是變化，全局協調是統一。

總結——假使有這麼一場戲

本文對電視劇節奏的種種看法，可以藉一場戲作一次具體的說明。這場戲的腳本要用特殊的格式來寫：

人物	場景	動作	對話	鏡頭	配音	計時	節奏
妻	首飾店中，夫陪妻來買戒指，與店員隔著櫃臺相對立。			全景	輕柔的音樂	3″	長、輕
		以手指敲玻璃櫃臺臺面。	這一隻戒指。	推向中景		3″	長、輕

店員	面色木然。	把櫃臺後面的門拉開，取出戒指，放在臺面上，再把門關上。		中景	←		
妻		拿起戒指看，又放下，以手指敲櫃臺臺面的另一處。	這一隻。	←	←	6″	長、輕
店員		拉門，取戒指，放在臺面上，關門。		←	←	4″	長、重
妻		拿起戒指看，放下，輕敲櫃臺。	換這一隻。	←	←	6″	長、輕
店員		拉門，取戒指，放在臺面上，關門。		←	←	6″	長、重
妻		拿起戒指看。	多少錢？	跳接，特寫。	音樂停止	4″	短、輕
店員	挑戰的表情。	緊接著回答。	一萬七！	跳接，特寫。		3″	短、重
夫	緊張的表情。	一直跟在太太旁邊，沒有作聲，這時吹了一聲口哨。		跳接，特寫。		3″	短、重
妻	愕然。			跳接，特寫。		2″	頓
妻	櫃臺臺面。	放下戒指，指另外一隻。	這一隻呢？	跳接，近景。		7″	短、重
店員	鄙夷的表情。	伸兩個手指頭	這一隻要兩聲口哨。	跳接，近景。		5″	短、重

妻		望望丈夫		跳接，近景。			
夫	怒目視店員。			跳接，特寫。	急管繁絃大作	3″	頓
店員	昂然看門外。			跳接，近景。然後——	←	3″2″	短、重
				急拉為中景，三人僵持。	←	4″	長、重　頓

表內共有八個項目，前四項由編劇安排，後四項由演播人員安排。表後應該加上一些附註：

㈠由於紀錄節奏還沒有周密的符號，所謂輕重長短等字樣都有些含混，同標一重字，實際上不同樣重，同標一輕字，實際上也不同樣輕。推鏡之「重」與拉鏡之「重」，差別更大。如何顯示這種差別，有待專家解決。

㈡「計時」欄表示：店員取戒指的動作。第一次較快，第二次較慢，第三次更慢。這固然是寫店員對顧客逐步侮慢，同時也影響節奏的變化。太太取戒指看的手勢姿態，問價的聲調，由勢在必得而逐步喪失自信，也會影響節奏變化。這一類影響如何用符號表示，也有待專家解決。

節奏的主觀性與客觀性

談到設計節奏，我們最後必須指出，節奏的認定，有時人人「心同理同」，也有時各人見仁見智。例如：

越王句踐破吳歸，
戰士還家盡錦衣，
宮女如花滿春殿，
只今唯有鷓鴣飛。

前三句寫熱烈繁榮的景象，第四句突然出現衰敗寂涼。繁盛時的熱烈景象，節奏應該活潑而快；衰敗後的寂涼景象，節奏應該悠長而慢。大家所見略同，極少例外。

再看下面這句話：

「你你你你………你去死吧」

甲導演可能把這句話處理成：

「你你你你……你去死吧！」

乙導演可能教他的演員念成：

「你，你，你，你，你，你去死吧！」

這就出現了兩種不同的節奏。

因此，同一場面可能被不同的編劇設計出不同的節奏來，同一劇本又可能被不同的導演依不同的節奏來處理。例如三娘教子中有關體罰的那場戲，三娘怒不可遏，舉起家法，旋又改變念頭，放棄體罰，我們曾說舉起家法為「重」，丟下家法為「輕」，但是如果編導人員認為三娘放棄體罰是極度傷心後絕望的表示，那麼「丟下家法」為「重」，相較之下，舉起家法反而為「輕」。

節奏有主觀性，並不意味著不能或不必設計節奏，它只是表示，各人可以依照自己對節奏的認識和對劇本的了解各行其是。只要設計得宜，都具有表現力。這和任一運動體逞露它無秩序的動態不可相提並論。

電視劇的主題

通常，一齣戲中含有兩種「力」：一種是使觀眾感動，一種是使觀眾思考。劇中那種足以使觀眾思考的「東西」，就是主題。

近年來，看到許多篇討論電視劇主題的文章，頗有所感。按，文學作品的主題可以歸納成三類：批判人生、記錄人生和粉飾人生。

所謂記錄人生就是忠實的反映人生，除反映外別無意見。持此說者甚至認為「文學家和科學家一樣，都不能把他的人格放進工作裡去」。這一派論者雖博詞雄辯，自成一家之言，但是很難拿來與實際的創作經驗相印證。至少至少，過去、現在，甚至可預見的將來，以「記錄人生」為職志的電視劇是不會有的。

說到批判人生，這是成熟的文學作品之共同特徵。文學作家在論文的寫法以外，「發明」了一種特別的方法，用以對人生表示意見，用以估量生活的意義與生命的價值。他們所用的辦法可以名之為「虛擬實演」。虛擬，是說他們提供的人生是假託的、是虛構的；實演，是說他們處理這件「並無其事」的「事」，將每一細節都摸得十分逼真。《老人與海》的故事是想像的產物，「並無其事」；老漁夫如何出海，如何在水上漂流，如何殺死一條大魚，一舉一動一物都寫得「歷歷如繪」，「若有其事」。但是老漁夫所捕那條大魚，在歸途中被鯊魚吃光，只剩下一付骨頭架子。很多人追問：為什麼不讓那個辛勤勇敢的漁人保有他的捕獲物？為什麼要這樣寫？毫無疑問，海明威非這樣寫不足以表示他對人生的意見，他用他的作品來批判人生。

作家對人生的批判，常常使很多人不表同意，因不能同意它的主題而不能欣賞那作品，那作品引起大家的不愉快，而且，往往那作品愈「好」，所引起的反感也愈甚。「你為什麼要這樣寫呢？」「反正故事是憑空編出來的，為什麼不換一個情節呢？」這是作家常常聽到的責難。這種責難，常發自文學品味能力未經培養的人，電視劇偏偏是給這些人看的！

凡通俗作家皆不能、不願或不敢以批判人生的態度來寫作，惟恐他們的群眾不能接受他作的批判。他致力將人生膚淺化和簡單化，在通俗作品中，一個苦學的青年總是很容易得到幫助，最後必定成功，不能讓他流太多的血淚，尤其不能使他流了那麼多血淚之後不免敗。在以家庭為對象的流行雜誌中，你常可以看到一個丈夫有了外遇，妻子略施小技，立刻使他回心轉意。在這些作品裡面，人生問題比實際上簡單得多。作家向讀者提供一個極舒適的世界，提供春天，提供鎮靜劑，這就是前文所說的粉飾人生。電視劇作家既面對大眾，很難跳出這個窠臼，中外皆然。這種作品，當然會使欣賞水準較高的人不滿，提筆討論戲劇問題的偏偏又是這些人！

如此說來，電視劇是寄身於批判人生與粉飾人生的峽谷中，近年來因電視劇的主題而引起的討論，正足以說明電視劇作家進退維谷的窘境。你如果用批判人生的態度來寫作，社會大眾立即加以指責，如果粉飾人生，藝術領域以內的人又指為「非我族類」。比起廣播，電視有形象化的優點；比起影院，電視能深入家庭，可是，也正因為如此，電視劇所受的拘束有甚於廣播和電影。如果大家在谷外，電視劇作家在谷內；如果大家在谷內，電視劇作家在谷底；一邊是大眾，一邊是藝術，此事古難全。電視發明後，使人顧此失彼，左右兩難，於今為烈。

一個人在成為電視劇作家之前，必先成為一個劇作家；在成為劇作家之前，必先玩索千百部戲劇佳作，其中絕大部分在批判人生，電視作家的「養成教育」既是如此，他無可避免的藏著那種子，流著那血液，這是問題的癥結。展望未來，這個問題可能的發展如下：

一、電視業者禮賢下士，不設畛域，吸收眾多的劇作家參與工作，使人們樂於在這個新的發表工具前作內在的調整與改變；將「批判人生」的慾望昇華，以其藝術修養來配合電視的需要。經過長期的嘗試與不斷的甄選淘汰，電視終能留下一些「合作良好」的劇作家，電視業即有計劃的培養這些作家，使之專業化。

二、專業化的電視劇作家，經過多年乃至多代的努力，可望形成電視劇自己的傳統，自己的遺產，和自己的批評標準。在這傳統之內，新電視劇作家定可得到充分的養成教育；在這標準之下，電視劇作家足可肯定自己的成就。

三、同一地區既有兩家以上的電視臺，彼此必然有節目上的競爭，競爭的手段之一，是對題材和主題的開拓，以前不能碰的問題，現在碰碰看，以前沒有用過的材料，以後要用用看。如果有誰反對，有誰制止，電視公司會去說服，去抗爭。不約而同，這將形成一切參加競技者的共同奮鬥。當然，他們無論如何不能把電視劇的主題放任到易卜生，蕭伯納或奧尼爾的程度，可是，奮鬥也必然會產生相當的結果。

電視節目中的戲劇性

戲劇是什麼？戲劇是「演員、在舞臺上、當著觀眾、表演一段精采的人生」。論者多認為這個定義，完整的包括了戲劇的一切要素（演員、舞臺、觀眾、劇本），揭示出戲劇的功用（表現人生），同時也指出戲劇藝術在表現的手段上如何與其他藝術不同（當著觀眾表演）。

這一定義中另一個極可注意的詞語是「精采」。雖說「戲劇表現人生」，人生中的日常事件每每冗長、散漫、瑣碎、乏味。用以形容人生的成語，有所謂「乏善可陳」、「漫漫長路」、「日光之下無新事」，以及「人家生我們、我們生人家」等等，即是指陳這「不精采」的感覺。莫泊桑曾說，任何人一日之間的生活都可以寫成厚厚的一本書——一本枯燥無味難以卒讀的書。這話若換一位現代派小說家來說，也許一小時的生活就可以寫一本書，倘若寫書的人對人生未經剪裁選擇，也許這本書在冗長枯燥之外，還要加上零亂，去「精采」更遠。這樣的人生，沒有被「表演」的資格。戲劇向觀眾展示的人生樣相，它所選擇、利用的事件，必須精采。這「精采」，也就是本文所要涉及的「戲劇性」。

「戲劇性」是什麼？或者，人生中什麼樣的事件才「精采」？答案是，事件中包含衝突、危機、或對照。

先說衝突。戲劇理論家把衝突分成人與人的衝突、人與環境的衝突、人與自己（內心）的衝突。或者，還可以有一項人與命運的衝突。典型的例子是賭博。入局共賭的人都希望自己贏，都希望別人輸，各自投下金錢，投下心智，互相角力，人與人之間有衝突。沉湎於賭的人往往發憤戒賭，立志戒賭的人又往往禁不住賭的引誘，入局之前，費盡思量，局散之後，又不勝追悔，人跟他自己有衝突。賭博的勝負之數有一面是機會運氣，並非人的才智毅力經驗技巧所能完全控制。明知「賭運」不佳，手氣不順，卻又偏偏不信命運，偏偏要試一試命運，鞠躬盡瘁，逆運而行，在牌桌上鏖戰不休。這可能就是人與命運的衝突。由於賭博的行為包含了這麼多的衝突，所以局內局外，流連忘返，焚膏繼晷，樂此不疲。像這樣包含了多種衝突的事件，還有戰爭及戀愛。因此人們拿戰爭，戀愛，賭博互相譬喻，「情場如戰場」、「孤注一擲」、「方城之戰」等等成語，皆由此而來。有了衝突，就有了「精采」，因而戰爭、戀愛或賭博，成為戲劇的永久題材。

次談危機，危機是「突然產生嚴重後果的充分可能性」，把這種可能性展示給觀眾，引起高度的緊張與同情，典型的例子是空中飛人一類的特技表演。表演者是「壯如山」的男子和「美如水」的女郎，他們的外型足以引起人們的憐惜，他們的職業，卻充滿了危險。當他們在空中「飛」來「飛」去的時候，在觀眾看來，隨時可能失手。空中飛人的最高潮是除掉地面上架設的安全網，讓表演者置身於「生死邊緣」。這時，看空中飛人的「樂趣」，也飽滿至於極點。任何一項特技，即使是騎獨輪車，表演者都訓練有素，具有把握與信心，可是，在普通觀眾眼裡，他們每一個動作都可能失敗，如果失敗，表演者所得到的，不是肢體的殘缺，就是榮譽的喪失。一邊是隨時可能失敗，一邊是萬萬失敗不得！這時，當事人的一言一動，在觀眾看來，都帶著千鈞的重力和異樣的光彩。有了危機，就有了「精采」，因之，空中飛人、賽車、爬山、偵探、間諜冒險，成為戲劇的永久性題材。

再談對照，對照是「同時展示兩種相反的狀態，互相彰顯其特異之點」，這樣，原來看似尋常的兩個單象，一經如此組合，能發生二者相乘或二者立方的效果。一個瘦小的男子，有一個肥胖的太太，必待夫妻倆挽手而行，始見「精采」。一池碧水，被乾渴的旅人在沙漠中發現，始見「精采」。大雪紛飛，千樹枯折，鏡頭一跳立見芳草滿地百花齊放，頓覺「精采」。一邊是婚禮，一邊是葬禮，這個婚禮比一般婚禮更能顯出青春的可貴，這個葬禮比一般葬禮更能顯出死亡的無情。一邊是股票市場，一邊是天主教堂，前者使後者更靜謐，後者使前者更煩囂。從茫茫的黑夜中看燭光，始知燭光可愛，從風雪夜歸後近火爐，始知火爐溫暖。詩人用「大漠」的平，跟「孤煙」的直對照，用冠蓋京華的「滿」，和斯人憔悴的「獨」對照。親朋無一字的「無」其實是「有」（有親朋牽罣），老病有孤舟「有」，其實是「無」（無財勢憑依），兩句之中有無對照，虛實對照。「春潮帶雨晚來急」的「動感」，和「野渡無人舟自橫」的「靜態」，互相對照。這些名句才如此動人。戲劇人物的配搭常常一胖一瘦、一智一愚、一勇一怯，戲劇場景的輪換往往是一晴一雨、一城一鄉、一雅一俗。戲劇情節的賡續往往是急，繼之以緩，再以急；剛，繼之以柔，再以剛；聚，繼之以散，再以聚；易，繼之以難，再以易。

在典型的戲劇性事件中，衝突、危機、對照往往同體共存，並不互相排斥。往往是一場「衝突」中包含著危機及對照，或一個危機中包含對照及衝突。就拿平劇的「遊龍戲鳳」來說吧，它是一位皇帝假扮軍官，向一個女店員求婚的故事，主戲在男方一直追求而女方一直拒絕。這裡面當然有衝突，因為最主要的兩個人物是示愛的人和拒愛的人。裡面也有危機，一個女店員可能失去其終身富貴的危機，一個皇帝可能失去其幸福與尊嚴的危機，還有，萬一皇帝求婚不遂老羞成怒，女店員可能大禍臨頭的危機。至於對照，一男一女即是最基本的對照，而兩人之間忽得忽失，忽張忽弛，忽喜忽嗔，無不有對照的作用。「漁陽鼙鼓動地來，驚破霓裳羽衣曲」是對照：戰爭與和平對照，粗獷與柔美對照，有謀與無備對照，挺進與潰退對照。可是它也是「危機」，明皇王位、大唐天下的危機。它當然也是「衝突」，反賊與王室絕難兩立。衝突、危機、對照三位一體，許多戲劇情節都可作如是觀。

所謂戲劇性，所謂「精采」，就是這樣的一種「品質」。所謂「電視節目中的戲劇性」，就是說，一般電視節目中往往而且應該含有這「品質」。「電視劇」自然不在本文觀察的範圍之內，那是正式的「戲劇」，對於它，「戲劇」是名詞而不是形容詞。把「戲劇」當形容詞用，意思是像戲劇一樣，含有戲劇的成分。電視中的「非戲劇節目」，照樣可以有、而且必須有戲劇的成分，因為，這些電視節目都需要做得很「精采」。它儘管不是正式的電視劇，可是，它也製造衝突，埋藏危機，安排對照。

且舉幾個例子：

一、中視的「上上下下」。這是一個以歌唱舞蹈穿插其間的測驗猜謎節目。五個參加猜謎的人分坐在五張升降椅上，每答中一題，他所坐的椅子即上升一級，最高五級，先升到第五級的人可以得到大獎。不過，如果他在中途（例如第四級或第三級）答錯了一個題目，就要一直降下來，降到開始起步的地方（並不是只降一級）。這個節目引人入勝的地方，就在「危機」：猜謎者逐級上升途中隨時可以一敗塗地。這個危機同時也是對照：成功甚「難」而失敗甚「易」，「上上」途中志得意滿和「下下」途中黯無光彩。這個對照同時也是衝突：參加猜謎的人接受挑戰，抵抗考驗，與節目主持人奮勇周旋。所以，「上上下下」節目有戲劇性。

二、中視的「猜猜看」。這也是一個測驗猜謎節目，特異之點在參加猜謎的人得獎之後，節目主持人並不立即宣布獎品是什麼，隨便出一個價錢要求向得獎人買回。如果對方不肯賣讓，出價即不斷提高。那獎品，可能是一盞價值兩百元的檯燈，而主持人的喊價可能累積到兩千元，得獎人猶堅持不賣，終於領回（他損失一千八百元）。那獎品也許是一架電視機，時價八千八百元，而主持人出價一千元，竟然成交。（損失七千八百元！）得失之間，是危機，是對照，也是衝突——得獎人與主持人彼此「鉤心鬥角」，得獎人聽到喊價，在賣與不賣之間也「天人交戰」。

三、中視的「國際摔角大賽」。這是一個錄影節目，由肥大而又慓悍的職業選手徒手肉搏，戰況慘烈，有時令人慘不忍睹。其實它是一種職業性的表演，打鬥動作似真實假。摔角當然是「衝突」，兩個人中間只能有一個人在臺上站著。它也有「危機」，因為處處有「致命的一擊」。臺上的選手與臺下的觀眾形成「對照」，一特殊，一普通，一文明，一野蠻。摔角被稱為「文明世紀的野蠻運動」，這個名稱即有對照的效果。

四、中視的新聞記者，在工業展覽結束以後，把會場的冷清殘破，拍成影片，再把展覽會繁盛時期所拍的鏡頭，重加剪接組織。於是你可以看見，原來掛滿氣球貼滿五彩海報的地方，現在是風雨中搖搖欲墜的木板；原來美女停足流連欣賞的地方，現在是一堆垃圾。原來在趕工，匠人在揮汗敲打的地方，現在是兩三個沒精打采的工人在下手拆毀為展覽而臨時搭建的建築物。這種報導手法，顯然有意在運用「對照」的原理。向中國古典文學作品求證，桃花扇中的「哀江南」，正是運用「對照」刻畫經營而成的作品。

「戲劇性」的原理俱在，誰能夠了解此一原理，加以運用，誰就可以設計出最好的電視節目。即使是做主持人或導播，也非把握這些要素，不能稱職。為什麼？這要追問戲劇的特性，以及電視節目與戲劇兩者間的關係。

戲劇，無論內容是什麼，採取那一種方式，最後必須「當著觀眾表演」。既如此，必須設法吸引觀眾，使觀眾在啟幕前惠然肯來，落幕後始沉吟而去。它必須使觀眾聚精會神，決不逃席。為了這個目標，戲劇工作動員一切力量，服裝布景燈光音效，每一處斤斤計較。劇情的選擇與編織，當然也朝著這個方向努力，衝突、危機、對照，都是在這個壓力下鍊成的智能。惟有如此「精采」，始能使觀眾忘返、忘倦。世上可以有「沒有讀者的書」，「沒有欣賞者的畫」，甚至有「沒有聽眾的音樂」，獨不能夠有「沒有觀眾的戲劇」。觀眾是戲劇的一個要素。戲劇工作者豈好衝突危機對照哉？不得已也！沒有衝突危機對照，沒有戲劇性。沒有戲劇性，沒有觀眾。沒有觀眾，那裡還有戲劇存在？

戲劇因「當著觀眾表演」而被賦以特殊凸出的性格。戲劇以外，一切被稱為表演事業的，與戲劇處境相同，需要相同，多多少少都得有戲劇性。可以說，任何表演事業都向戲劇分香借火，也可以說，戲劇技巧是集合其他一切表演事業的大成。魔術、特技、笑話、相聲、賽球、選美，都是戲劇的遠房兄弟或表兄弟，它們體內流著相同的血液。電視，實實在在也是一種表演事業！它所奉行的最高原則是，無論你要傳播的內容是什麼，先把它變成可以從螢光幕上看見的畫面！這就是「當著觀眾表演」！如此這般它進入這個叫做「戲劇」的大家族。由於它特別興旺，也收容了戲劇家族的全體成員。它如何能拋棄戲劇性？如何能不講求衝突、危機、對照？

戲劇所表演的是「精采的人生」，對這個大家族的每一成員，「人生」一詞有特別的重要性——尤其是對於電視！「人生」是表演的「根」，根不深，葉不茂，沒有根，要枯死！且不說正式的戲劇，即使是一種遊戲，倘若其中沒有人生的影子，也不會引起人們的興味，終不免遭到淘汰！「碁」，歷來被視為人生的教科書，不必細說。拔河，兩隊相峙，勢均力敵，緊緊握住一條粗糙的繩子，誰也沒有「不抓」的自由，他們抓的這條繩子，就是「生存」！直到一方將另一方拉倒，則一方得到較優的生存狀態，另一方得到較劣的生存狀態，這就是成功和失敗的滋味！籃球，從前韓復渠初見球賽，大為驚訝，責問為什麼不多買幾個球來玩，何苦如此賣力爭搶？他不知道球射入籃象徵人生的目標，在一個小集團內，並沒有太多的目標值得爭取。他不知道人人爭取的目標，才值得爭取，令人欲罷不能。為了用「表演」的方式揭露此一「天機」，聰明人設計了籃球比賽，暗示你必須出死力保衛自己的目標並攻入「敵人」的目標！最後，譬如麻將：打麻將和「看」麻將的人不但享受足夠的衝突危機，而且重溫他的全部人生經驗。因為麻將本身是將人生「抽象化」以後「再創造」出來的「藝術品」。下棋、拔河、賽球、打麻將，都是「表演人生」，都根深於人生的裡層，否則，下棋、拔河賽、打麻將都將被冷落，甚至早被淘汰。

回過頭來看那些出色的電視節目：一、從「上上下下」中，你看見一個人憑本領，憑運氣，步步升高，由科員升到科長，由科長升成處長，每一次上升要克服一次困難，同時也要冒一次險。他不能犯錯誤，他只要犯一次錯誤立刻前功盡棄，一敗塗地。他一旦成為處長，即沒有機會由處長降為科長，再由科長降為科員，他若失敗即一次降為平民——撤職或免職。「大獎」只有一個，所以他的競爭者在希望他失敗。他若一開始就答錯問題，可能被判「出局」，由現場觀眾遞補，所以欣賞他的人（即現場觀眾）同時在等著坐上他空出來的位子。二、從「猜猜看」之中，你看見人在生活中對未知因素的估計探索，也看見面臨未知因素時的怯懦、遲疑。人和人的關係大半是取予授受，一取一予，是否值得，一受一授，是否如分，自來費人思量。但是你必須作決定並且必須承擔後果。一個公務員，拒絕上司的勸告而辭職競選民意代表，一旦落選，兩頭落空。一個商人，受未知因素的鼓勵，可能一票生意贏利百萬，也可能一次投資之後即宣告破產。他，公務員，商人，都是在參加「猜猜看」。三、從摔角大賽中，你所看到的應不僅僅是一個蠢男人把另一個蠢男人按在地上，倘若僅僅是這樣就不值得一看再看。當摔角大賽之類的表演出現時，坐在電視機前面的商人，想起甲牌的商品如何搶走了乙牌商品的市場；農人，想起他如何「併吞」了相毗連的一塊土地；談戀愛的人，想起他如何對付他的情敵；失意者，想起如何被朋友出賣，或幻想如何作決意的報復。摔角雖小道，大有可觀，原因在人生中含有「摔角」的成分，摔角的表演賽雖甚「殘酷」，但文明社會仍允許它存在，原因在人生中的「摔角」更殘酷，——摔角表演的「殘酷」，是假的，而「人生」是真的！當然，人類生存競爭中慘烈的一面，是否可以在電視的螢光幕上出現——即使僅僅是經過抽象化以後象徵性的出現——，那是另一個問題。「上上下下」、「猜猜看」、「國際摔角大賽」，都是在表演人生，因此，這些節目都深受歡迎。

總之，除了電視劇以外，一般電視節目也必須含有戲劇性，必須表演精采的人生；但在設計上，它必須把「精采的人生」抽象化了，再創造出有象徵作用的形式來，使此一節目成為一幕「抽象劇」。只要設計節目的人能夠把人生由具體變為抽象，觀眾自然也能夠由抽象還原到具體。設計電視節目有天才的人，決不背棄這個原則。

電視與詩

一

電視節目是大眾傳播的一種方式，「詩」曾經也是。所謂「曾經」，意味著在有了現代的大眾傳播工具之後，詩已可能喪失了它在這方面的地位。電視節目與詩，有同有異，其同，可以相互發明；其異，可以相互切磋。

說「詩」曾經是、或至今仍是一種傳播方式，乃是由於詩的作用是情感的「傳達」。有些理論家捨「傳達」不用，另立「表達」一詞，無論傳達或表達，都和今日「傳播」的意義接近。闡發此義的名言讜論甚多，例如：

「人生而靜，天之性也，感於物而動，性之欲也。夫既有欲矣，則不能無思，既有思矣，則不能無言，既有言矣，則言之所不能盡而發於咨嗟咏歎之餘者，又必有自然之音響節奏而不能已焉。此詩之所以作也。」——朱熹

「在自己的心中回想起一種自己經驗過的情感，回想起之後，於是用動態、線、顏色或在語言表出的形式把它傳達出來，使旁人也可以經驗到同樣的情感，這就是藝術活動。藝術是一種人的活動，它的要義，可以一言以蔽之：一個人有意的用具體的符號，把自己所曾生活過的情感傳給旁人，旁人受這些情感傳染，也感覺到這些情感。」——托爾斯泰

一般相信，在那業已逝去的時代裡，詩曾經是最方便的傳播方式。它的篇幅短，句子整齊，有韻律，易記易誦，並使人樂於接受，所以古代流傳下來的東西大多是詩歌，或形式上似詩歌。民間的諺語，江湖的歌訣，乃至三字經百家姓，也都採取似詩的形式。至於香山之詩，老嫗能解、有井水處皆歌柳詞，已接近「大眾傳播」的事實，而周天子「采風」之說，更有些像今天的政府從報紙、刊物、廣播和電視中去聽取輿論。

二

如果說詩是一種傳播方式，那麼，它傳播什麼呢？從詩的內容方面說，人的情感有多麼複雜，詩所包含的內容就有多麼複雜，但就詩人的手段來說，詩所傳播的只是「意象」，或者說，詩應該傳播「意象」。所謂「意象」，是一種具體可見的殊相，是一些靜止的或連續活動的畫面，「詩中有畫」，意即指此。不但王維的詩裡面有畫，一切好詩中莫不有畫。

在這一點上，詩和電視有某種程度的相通。電視雖能兼盡視聽之娛，但主要的仍在尋求視覺上的效果，搬進電視的東西必須（或最好）是「可見」的。宜蘭風災的現場，比災情的統計數字更有視覺效果；納瑟童年時期跟他父親合拍的照片，比他的家譜世系更有視覺效果。電視評論節目所傳播的是「意見」，意見是抽象的東西，無法令人直見畫面，但是最低限度，螢光幕上得出現那個發表評論的人，並且那人最好能用實物顯示他的論據。電視記者和電視節目製作者的職業習慣是，如何把所見所聞所感附著在可見的實物實景上，或將之轉化為畫面。這跟詩人的手法是大體相同的。

詩忌「隔」，隔即損失意象。靜安先生論「隔與不隔」的一段話很有名：

「池塘生春草、空梁落燕泥等二句，妙處唯在不隔，詞亦如是。即以一人一詞而論，如歐陽修少年遊詠春草，上半闋云：闌干十二獨凭春，晴碧遠連雲，二月三月，千里萬里，行色苦愁人。語語都在目前，便是不隔。至云謝家池上，江淹浦上，則隔矣。……」

詩人寫草，要寫出「池塘生春草」、「晴碧遠連雲」、「春風又綠江南岸」、「野火燒不盡，春風吹又生」等畫面。詩要「句句都在目前」，電視所要求的，是「事事都在幕上」。電視因受種種條件的限制，目前還不能做到一無所隔，而詩人也常常忍不住說理，像李義山的「歷覽前賢家與國，成由勤儉敗由奢」，王安石的「君不見咫尺長門閉阿嬌，人生失意無南北」之類。不過二者永遠有「不隔」的基本要求。

三

詩人和電視工作者另一類似之點是，彼此都熱烈的追求創新。新有二義：一是站在時代前端，一是希望自己在一定的範圍內是第一個發言的人。

電視的「新」，可以分為：

科學設備的新——再創新

節目型式的新——再創新

節目內容的新——再創新

詩人所追逐的目標與新聞事業不同，但同樣要不斷作創新的努力，以意新語工、不襲前人為職志，並且要不斷突破自己已有的成就，力避自己複製自己。所以「詩」的「新」，就是要：

形式的新

內容的新

詩人何以要不斷創新？趙翼在《論詩絕句》中說得最扼要：「透支五百年新意，到了千年又覺陳」、「江山代有才人出，管領風騷五百年」。人情喜新而厭舊，人們對舊句法、舊意境久見生厭，要求翻新；新的詩人創造新的詩篇，給詩以新的生命。這種「新詩」，引起一代詩作者的仿效，輾轉模擬的結果，新的又變成舊的，只有期待大詩人繼續創新。胡適之曾經把這種情形叫做「文學作品的生老病死」。文學史要觀察研討的，就是這種由新到舊、由舊再到新的遞嬗變遷。

溫庭筠的〈更漏子〉後闋：

「梧桐樹，三更雨，不道離情正苦。一葉葉，一聲聲，空階滴到明」。

後來，李清照在〈聲聲慢〉中寫出：

「梧桐更兼細雨，到黃昏點點滴滴，這次第，怎一個愁字了得。」

以後，不知有多少人寫秋怨秋思時都要提一筆梧桐葉上的雨聲，一直弄得有才氣的作家不願意再如此描寫，這是內容上由新到舊的一例。

趙翼論「疊字詩」時舉例：

吳融〈秋樹〉詩：「一聲南雁已先紅，槭槭淒淒葉葉同」。劉駕云：「樹樹樹梢啼曉鶯」，「夜夜夜深聞子規」。柳子厚詩：「柳州柳刺史，種柳柳江邊。」宋人詠西溪：「灣灣灣處復灣灣。」蔡禪師：「了了了時無可了。」楊誠齋詩：「低低橋入低低寺，小小盆盛小小花」。「節節生花花點點」。……

像這樣發展下去，疊字也就成為俗不可耐的東西了。這是句法由新到舊的一例。

電視節目的歷史尚短，不知目前已否有人寫過「電視節目發展史」一類的書？在我們粗略的觀察下，覺得電視節目發展的路線，大體上與詩近似。像猜謎、訪問、座談、歌唱晚會等節目，都是由少數人首先採用，多數同業群起仿效，行之既久，平淡無奇，才弱者就原型略作損益，才高者不免另起爐灶。大詩人受人摹仿，是一種榮譽，即所謂「管領風騷」，但某一電視節目型式的首創者，可能認為別人襲用他的型式，是對他的權益的一種損害，在先進國家已有節目型式註冊向仿效者收費的事。這倒是詩人們所未曾想到的。

四

詩人和電視工作者，儘管有許多地方聲氣相通，但詩篇仍然是詩篇，電視節目仍然是電視節目，這，固然由於他們賴以傳達的媒介工具不同，——兩種迥然不同的媒介工具，決定性的使它們所完成的作品不屬一類。這個重要的原因，無須再多加說明。此外，詩人工作的信念和態度，跟電視節目的製作者大異其趣。這兩種人各有各的傳統，約言之，詩人是為少數人而工作，甚至只為自己而工作，電視節目製作人卻是為大眾而工作，甚至企圖為所有的人而工作，所以，詩終竟不能列於「大眾傳播」之林。

本來，有些詩人也很願意發生廣泛的影響，並且也有很好的成績。例如白居易，他自述其作詩的方法與目的為：「其辭質而徑，欲見之者易喻也。其言直而切，欲聞之者深戒也。其事覈而實，使采之者傳信也。其體順而肆，可以播於樂章歌曲也。總而言之，為君為民為物為事而作，不為文而作也。」不過，有兩點事實不能不承認：一、像白居易這樣的詩人很稀少，更多更典型的詩人都是「文章千古事，得失寸心知」，「知音如不賞」，就只好「歸臥故山丘」。二、即使是白居易和柳永，他們仍有一部分作品「脫離群眾」，如果沒有這一部分作品，他們能否在文學史上占已有的地位，大成疑問。詩，在它血液裡就有自說自話的脾氣。做電視節目可以先研究觀眾心理，找一張人人看了不討厭的面孔，替他編幾套人人聽了沒有反感的話，這在做電視節目是必需；用於作詩，可以說是不可思議。

如果電視是「大眾傳播」，詩或許可稱為「少數傳播」。詩是極富個人色彩的東西，舉凡作者的愛憎、個性、癖好，甚至偏見，都完全放進了詩裡，他的愛憎和癖好，未必能得到大眾的共鳴。詩人在這個世界上有一份獨特的感受，他運用較常人銳敏的觀察力，看出別人未必能看見的世相。他的所見所感，往往孤絕於心中，無法與一般人的「庸見」相互交換。一旦發之於詩，一般人自亦不能拿「庸見」來領會。還有，詩人最考究他所用以表達的語文形式，他在運用時，只想到對自己、對「詩」是否切合，不曾想到適應大眾。不適應大眾的結果往往是大眾不易接受。詩人的「傳播」，祇能在芸芸眾生中，由若干氣性與他相似，悟性與他相近，或十分虛心的人來接受，這一部分人被稱為「被選擇的心靈」，這些人是少數，這就是詩人可能被稱為「少數傳播者」的理由。甚至，在詩人高寒孤獨的心靈裡，「少數」也不可遇，作品猶如王維山中的白雲，只能自己欣賞，無法分以贈人。情勢所迫，絕大多數的詩人就放棄了求「廣」，轉而求「雅」。雅是少數跟自己相等的人的趣味。電視則異於是，電視是追逐大多數人的趣味，或培養大多數人都能產生的趣味。在詩為「文章千古事，得失寸心知」，在電視則是「文章」一時事，得失大眾知。在詩人，「冠蓋滿京華，斯人獨憔悴」；在電視節目主持人，最好是京華冠蓋下，斯人獨活躍。

五

各種傳播工具的性能不同，使用者依其性能，選擇所要表現的內容。特技表演不能在無線電廣播中表現，《廿年目睹之怪現狀》那樣的譴責性內容，不易用純器樂來表現。有時，甲工具所能表現的，乙工具也能，如《老人與海》的故事用小說及電影兩度表現的結果，效果相近。大體說來，每種表現工具像一個圓，這個圓與其他的圓所占的領域既非完全相同，也不一定就絕不相涉，而是圓與圓有一部分疊合，疊合的這一部分，貯存著兩種工具都能加以表現的材料。

詩的意象既相當於電視的畫面，詩料當不難成為電視節目的材料。「雞聲茅店月，人跡板橋霜」，雞聲是一個畫面，茅店是一個畫面，月也是。如果一個個畫面分行寫出，說明鏡頭的用法，豈不就是電視腳本？「枯藤老樹昏鴉，小橋流水人家，古道西風瘦馬，夕陽西下」與上一例相同。不過，下一例的最後一句是「斷腸人在天涯」，欲在電視中表現，則甚為困難，因為電視的攝影棚與螢幕都很小，不能用迢迢長路或弧形地平線傳達「天涯」的情味。電影朝大銀幕發展後，益顯得電視幕面的侷促，像「千山鳥飛絕」、「大漠孤烟直」、「輕舟已過萬重山」、「錦江春色來天地」等意象，在電影尚可一試，在電視則以避之為宜。

電視幕除了「小」以外，還有一個缺點：「粗糙」，這個缺點使它的畫面難有美感。古玉古瓷在電視中出現時，大多類似頑石，美女臉部特寫，皺紋密布。這樣，詩中以疏朗透明或精微細緻見長處，電視便絕不能及。「楊柳岸曉風殘月」、「閒花落地聽無聲」、「細雨魚兒出」、「微雪淡河漢」等畫面，目前無法在電視上出現。「月迷津渡」、「兩山排闥送青來」、「曉霧雲鬟濕，清輝玉臂寒」，皆詩之所長，電視所短。

電視所選擇的材料，既不能太大也不能太小太細，而且除聽覺和視覺外，不能滿足其他感官，「清輝玉臂寒」「軟玉溫香抱滿懷」，詩中有觸覺：「客去茶甘留舌本」，詩中有味覺：「重簾不捲留香久」「好竹連山覺筍香」，詩中有嗅覺。當然，詩中所謂觸覺味覺嗅覺乃至聽覺，都只能提供想像的滿足，但，電視如何利用想像來滿足視聽以外的感官，也該急起直追。

這樣比較的結果，我們發覺適宜用電視映現的事物，第一最好不占太大的空間，第二最好有明顯的輪廓。在這樣的限制之下，一般電視節目只有設計一連串的動作，並使這動作愈演愈激烈或愈艱難，以激發大眾的興趣。電視節目遂以一連串的刺激，迅速加諸人的感官為主，典型的例子是西部武打片和體育比賽的轉播。迅速刺激感官引發一時的興奮，恰恰是詩人所不為的；縱為，在詩的價值標準下亦不足貴。而詩使人低迴往復從容涵詠的那種風味和情趣，又恰恰為電視所不取；縱取，亦不討好。在這一點上，可以說詩和電視是真正的分了家。

由於傳統態度和技術限制，電視與詩以分家為宜，但是，這兩個圓之間多少總有一點疊合的地方，為詩，為電視，這種偶爾攜手的可能，仍使人心嚮不已。新興的後出的工具，常能兼蓄舊有工具的某些長處。在文學的形式中，「曲」較後出，而曲便兼採了詩詞的作法。在八大藝術中，電影後出，而電影便兼容了音樂美術戲劇及文學。在大眾傳播工具中，電視後出，電視固已兼有廣播與報紙之長，如果我們希望它也能多多帶點詩味，露點詩情，造些詩境，那麼大家對詩歌的欣賞力固可賴以普遍提高，而節目的風格也必由此多一姿采，這種希望似非過奢。電影已經充分滿足了詩讀者的願望，並從而取得「第八藝術」的資格，電視可有這樣的抱負？

電視作家的地位問題

作家的地位可以分藝術的，如管領風騷；世俗的，如安富尊榮；主觀的，如孤芳自賞；客觀的，如泰山北斗。這種地位來自作家與作家間的比較，是以某些作家與其他作家相對待。換言之，這地位只應為一小部分作家所擁有。但「作家地位」的意義原不止此。作家，凡是作家，他們原有一種共同的權利，那就是，他們按照自己的意思工作，不聽從別人的指揮。別人，如果他也是藝術家，他應該自己實踐躬行，依自己的信念去創作，無須強人同己；如果他不是藝術家，那麼他是外行人，他告訴藝術家應該這樣那樣，便是侵局越權，有害無利。這是作家們自以為是的權利，排除干擾的權利，不讓別人來分擔責任、不讓別人來共享光榮的權利。事實上，他所要負的責任，無人能分，他所要做的工作也無人能代。所謂作家的地位，即是指這種權利的確認和確保，即是指社會對作家這種工作態度的容忍乃至欣賞。這是以全體作家與非作家相對待。作家，凡是作家，無論他的社會地位如何，即使他為僕為隸，為奴為丐，當他提筆創作時，自有凜不可犯的尊嚴。創作給予他另一個世界，在那個世界中，他至高無上。——作家的地位即在乎此。

「力爭上游」本是人們的天性，所以，自來屬於「作家」這一類名之下的人，不論他使用何種媒介，不論他標榜何種流派，莫不珍惜他的「創作主權」。主權在握者，貴，主權淪喪者，賤。他們認為自己在工作時「行其所不得不行，止其所不得不止」，覺得「心不欲然而筆使之，若有鬼物主持其間」。他們解釋自己的作品是「各人之性情」、「婦人孺子夜半心頭之一聲」，是「無意中被人家聽到」的「自言自語」。在某些人眼裡，他們的工作情態是一種精神錯亂，一種熱病，一次夢遊。作家們自己，甘冒天下不韙，與流俗對抗，寧願「僕之所重、時之所輕」，不甘「大慚大好，小慚小好」。作家崇尚獨創，標舉靈感，以「文如其人」為至境，視作品如自己的生命；而獨創、靈感或生命，字字表示作家為作品的最高主宰。作家在作品的締造過程中，地位可以想見。

「創作主權」不等於放棄對公眾負責，絕大部分作家仍然依其自己的信念，負擔社會義務。至少，在小說和戲劇兩大門類中，幾乎沒有真正「出世」的作家。「創作主權」也不等於作家不接受別人的意見，或作家的作品一成不變。作家，與一切感覺銳敏的人相同，不斷影響別人，也不斷接受別人的影響。若干根據別人意見把作品修改得更完整的事例，如「一字師」之類，不斷產生，傳為文學史上的佳話。偉大的作家創作終生，其作品往往有前期後期之分，風格思想，異多於同，陸游、哥德皆然。「社會」並不喜歡「創作主權」，一如不喜歡作家的長鬍子，但社會喜歡藝術品，強迫薙去鬍子既可能損傷詩的靈感或畫的意境，只好任其如雜草叢生。自有文學理論以來，大家幾乎一致確信，最好的作品產自最能獨立自主的作家，於是，作家像孱弱的孕婦一樣，這裡那裡都有強壯高大的男人讓她一步。「創作主權」雖然是主觀的，但卻使社會養成尊重作家的習慣，給作家們一個相當明確的客觀的地位。

這是指「大眾傳播時代」降臨以前的情形，之後，報紙、廣播、電視，逐漸成為作家發表的園地，每出現一種新的傳播工具，使用此一工具的作家，其地位——也就是創作主權，隨之降低一次。這，並非出於大眾傳播工具擁有者的本意，但，他們聽任這情勢形成，無意予以糾正。這也並非由於作家甘願，但，他們掙扎、抵抗，結果無效。

這究竟是怎麼一回事？原來，大眾傳播工具雖然它的性能在「傳播」，但在傳播之前，它先進行「選擇」，問題就發生在這裡：它的選擇與作家的選擇往往相左。大眾傳播工具為一群人所握有，行使集團意志，因之，它的選擇具有妥協性；它以最大多數人為傳播的對象，務求人人能解，因此，它的選擇具有通俗性。尤其是，傳播是一種技術，必須受技術的限制，任何作品在被傳播前，必先取得技術許可，舉例說：無線電廣播有聲無形，不能轉播圍棋比賽或芭蕾舞，日報不能連載像《約翰·克里斯多夫》那樣「沉悶」的小說。因之，這種選擇又具有技術的因素在內。這種種選擇不但等於是嚴苛的挑剔，並且，在大眾傳播工具的威力前，這種種選擇也是無情的批判。在沒有大眾傳播事業前，亙古無人把這樣的挑剔和批判加在作家身上。

對於作品，大眾傳播事業並不僅僅是選擇而已，它進一步要自己製造，它動員作家，創作專用的作品。這作品是依照某種規格定製的，它不但完全符合此一傳播工具的技術性能，而且迎合大眾的脾胃，同時也恰能滿足工具握有者的表現慾望。這時，傳播工具不再為作品而存在，而是某些作品為傳播工具而存在。為傳播事業著想，供傳播用的作品與其可遇，不如可求；默罕默德去就山，到底不如山來就默罕默德。然而，為作家著想，這是捨己從人而役於人，這是「創作主權」的削弱，地位的貶抑。

無論作家們是否承認，他們之遭遇削弱貶抑，老早就開始了：從報紙要求他們每一千字分布一個高潮，要求他們散文的字數能在一個預先畫好的方框中恰好排滿，要求他們的詩不得超過三十行，那時就開始了。從廣播電臺規定他們筆下的人物不可失業，不可離婚，父子不可反目，異鄉人和當地人必須親如手足，失戀的青年必須立即剃光頭髮自動從軍，從那時就開始了！不幸之大幸，報紙所採用的作品，到底以語文為唯一媒介，由語文媒介的控馭者，即傳統的作家，獨力負責完成。因之，作家仍被認為非常重要。廣播所採用的作品，語文之外，兼重音樂和音響，而且由電臺加工製作，再行播用，傳統作家的重要性乃相對減低。電視出現，局面再變，作家的地位，繼續下降，形成大幸後之大不幸，身臨此局者所面對的挑戰，傳統的作家們根本無法想像。

作家之可貴，原在他是作品形成時的中心主宰，然而，如所周知，電視節目的中心主宰往往是廣告客戶，往往是製作人，也往往是別的什麼人，絕少是作家。首先，「構想」的產生與作家無關，作家不能主動的有所作為。通常，電視作家不知道他應該寫什麼，直到有一個製造口香糖的工廠廠主，認為凡是看愛情喜劇的人都需要嚼他的產品，作家才結束他的徬徨。有了構想之後，著手經營締造，作家也沒有全權，他跟一組人共同工作，他得顧到其他每一個人的方便，別人未必顧他的方便，他不能修改別人已完成的工作，別人卻可以修改甚至完全推翻他已經完成的工作。在這共同工作的一組人之上，當然有一個指揮者，他必定有許多才能，但是他必定不是作家，這種指揮權之取得，必須憑寫作以外的才能。他和作家間既無會心之處，他的指揮常常是一種錯誤（在作家心目中是如此）。尤其要命的是，電視節目的製作，粗糙、冷感、匆忙，而又疲於奔命，指揮者常常朝令夕改，使許多人勞而無功；白白浪費了心血和時間的人，非但得不到補償，甚至得不到口頭的安慰。

作家之可貴，原在他（而且只有他）能將作品完成。然而，如所周知，電視節目的「裝配線」由起點到終點，經過五十多個人的手，人人可以對這個節目的某一部分增添、減少、變更，加以左右。作家所提供的，只是一個粗坯，一張草稿，如以建築作比喻，只是一張草圖，在施工時不必完全遵守。明白的說，電視除了傳播語文媒介以外，還能傳播圖象和音響。在專供電視播映的作品中，圖象的部分最重要，比重至少占百分之六十。音樂和音響的部分至少占百分之十。剩下依賴語文的部分，最多不到百分之三十。這百分之三十雖然由作家提供，在實際製作過程中，其他人如導演、導播或演員，往往不免隨意加以修改，或在匆忙迫促中有所遺漏。為此，在電視公司的攝影棚下，作家究竟有什麼地位，不難想見。

在這個叫做電視的行業中，第一流人才是組織家，不是作家。電視工作需要許多人共同密切合作，萬善以合作為先。通常，人與人之間合作無間，需要若干條件，如歷史淵源、共同癖好、友誼及個性相近等等，因之，合作非一蹴可成。但電視於剎那間聚東西南北之人於一堂，從事分秒必爭、得失關係重大的工作，在沒有時間去互相了解、互相欣賞、互相感激之前，先要結成一體，幾乎不可能。變不可能為可能，是組織家的魔力。第二流人才是製作家，他對某一類節目的內容具有相當知識，能羅致人才，長於在播映形式方面推陳出新，同時了解製作這一類節目的技術問題。假如他洞悉流行音樂的時尚，能鑑別樂隊演奏的水準，認識許多成名的影星、作曲家，並且知道如何識拔新人，了解燈光、布景、鏡頭運用，以至歌星的服飾化妝，對節目型態的變化具有敏感，他就是一個良好的歌唱節目製作人。第三流人才是「專門技術工作者」，他或者能唱，或者能跳，或者能畫，或者能寫，作家正屬於這一類人物。他的存在價值是將別人的抽象意念納入文藝形式，他以他的能力，如形象化的能力，凝塑人物典型的能力，說俏皮話的能力，為電視服務。他是被組織的、等調遣的、拿筆的技工，他的最高道德，如前所述，是與人合作。換言之，他幾乎完全沒有「創作主權」。

完全沒有創作主權的作家，如何能堂堂正正立於文林？這個問題，不能向文藝理論中求答案。傳統的文藝理論將認為電視作家是作家的墮落。我們不要忘記電視作家不僅是作家，他也是大眾傳播工作者，大眾傳播的理論，會給他們一個新的地位。

電視作家為廣告效力，很多人討厭廣告，視之為一種「公害」。倘若電視把它的命脈寄託在使社會大眾受害的事物上，電視事業還有什麼文化價值？在商業電視的「理論體系」中，對此自有一番解釋。商業電視的母體是自由企業制度，自由企業的精神是同行競爭，廣告是競爭的重要手段之一，藉以吸收消費者。消費者的選擇，對同類商品形成淘汰，結果優勝劣敗，消費者得以確保自己的利益。同時，廣告刺激消費，消費刺激生產，生產促進繁榮，繁榮又擴大就業機會，提高國民所得，增加消費能力。如此循環，周而復始，推動社會的進步。辦商業電視的人認為自己既散布進步的酵素，又提供聲色繁富的正當娛樂，一舉兩得，魚熊兼美，為社會大眾提供雙重的服務。在這種信念下，電視作家可以得到他的地位。

商業電視的「父親」是民主政體。民主的精義雖甚博深，約言之，信任最多數的人，為最多數的人服務，最多數人的決定是最後的決定，一個人所以能做州長或市長，並非由於他學問最好，道德最高，或對國家最忠誠，而是因為多數人都投了他一票。在民主社會中，多數人的願望、興趣、選擇，都會受到尊重。滿足群眾的愛好，非惟「正當」，簡直「神聖」，在社會的這一規約下，電視作家也可以得到他的地位。

「電視作家的地位問題」，無論在傳統作家眼中，或者在電視作家心中，都是一個懸案。本文對這個懸案，提供了一個可能十分允當平實的回答。

關於廣播的專題討論

廣播中的文言成分

文白之爭

「文白之爭」是一個老問題，討論這個問題的人已經很多。固有文化的保存，一般國民知識水準的提高，文言與白話如何嚴格界分，以及文字風格的雅俗繁簡等等，都能左右人們的看法。但廣播中人應該是白話、語體的擁護者，所以如此實有它「萬不得已」的原因。廣播是「大眾傳播工具」，著眼點在傳播的效果。傳播有效者取，傳播無效者捨。誰也不能否認文言有文言的價值，可是，同樣不能否認的是，文言不易（甚或不可）利用無線電廣播來傳播，勉強行之，效果極小，甚至完全沒有效果。

廣播既是一種工具，凡工具都一面予人以便利，一面予人以限制。排斥文言，正是廣播加給我們的限制之一。所以然之故，無線電廣播純粹訴之於接受者的聽覺，廣播工作者使用的媒介，必須適應大眾聽覺的習慣，而文言，有意的背離這習慣。在這裡，「聽覺的習慣」自然指日常語言，文言並非日常語言，它乃是模擬古代語言製成、供人用眼睛辨認的符號，它是若干受過同樣訓練的人相互使用的縮寫密語。廣播絕不是為了傳遞這種「密語」而設。這種「密語」的保存流傳，多半靠以書寫（印刷）的形式，訴諸視覺。廣播，排斥了那符號的形體，只取聲音，聽眾即使受過文言的訓練，也多半不能立即捉摸到意義，至於一般沒有受過充分訓練的人，當然更要瞠目莫知所云了！

有人會說，中國自有廣播以來，還沒有一篇用「純淨文言」寫成的播稿，文白問題，應不存在。不錯，沒有一篇播稿用純淨文言，可是，「中國自有廣播以來」，卻有千萬篇播稿，並未使用「純淨白話」。常見的情形是：1. 一篇播稿之中，雜有一整段文言——這多半是在播稿中引用典籍；2. 一段播稿之中，雜有若干「句」文言，——這多半是使用成語；3. 一句播稿之中，雜有若干「個」文言用法的字，——多半是虛字、形容詞。文言所以不容易聽明白，原因在它與上下文之間有「時代差距」。例如明明心裡指的是逃難，口中卻偏偏說成「避秦」，聽廣播的人怎麼會料到時間忽然倒退兩千多年，硬插進來秦始皇、陶淵明？何況又有多少人不明白秦始皇和陶淵明之間到底有過什麼連帶關係？

聲音的單元

論者每每說，「淺近文言」是容易接受的，而且也是無可避免的。就閱讀的經驗而論，也許是如此，「還沒有成功」和「尚未成功」，同樣會被水準相近的人領會了解。但是，就「聽」的經驗來說，兩者難易的程度卻有很大的差別，「還沒有成功」容易懂，「尚未成功」比較難懂，其中原委，可以分三點說明：

一、依我們日常說話的習慣，多半用兩個「單音」連綴在一起，占一拍，組成一個「聲音的單元」。我們故意把「兄」說成哥哥，把「弟」說成弟弟，故意把「清」和「潔」連綴而成清潔，把「行」「動」連綴而成行動，甚至「不擇手段」的說石頭（石並沒有頭）窗戶（窗與戶本是兩樣東西），都是順應「兩音一拍」的自然習慣而來。

二、在日常語言中，「聲音的單元」同時也是「意義的單元」。「鵓鴿」是一種飛禽，兩音自成單元，合為一義，並非「鵓」自成一義而「鴿」另有一義。「窗戶」指的是窗，與戶無涉，「褒貶」乃是惡評，不包括讚美。這種複音詞是好東西，它使日常語言既流暢，又響亮，聽來清楚明白，不費力氣。國字同音者極多，聽來容易混淆不分，複音詞把這個困難也大致解決了。

三、文言為求「簡練」，一向喜歡用單詞，一字一音，一音一義。這樣的文章念在口裡，本來也該一音一拍，——例如「荷印交惡」，荷字應占一拍，印字也應該占一拍。可是，受語言習慣的驅使，人們總是把「荷」「印」兩個音連綴在一起，說成「荷印」，使之成為一個「音單元」，這一個「音單元」中，卻包含著兩個意義，即荷蘭與印尼。這樣，聽來就難懂了！「淺近文言」儘管淺近，它所形成的問題是一樣的：「尚未成功」，人們將讀成「尚未」「成功」，但在日常語言中，只有「上尉」，並無「尚未」。「上尉」是音單元和義單元合一，「尚未」是音單元與義單元不一致。這樣顯然對聽覺不利。

啞音和糢糊音

文言中的單詞不但容易和另一單詞同音混淆（如螢、蠅、雁、燕），那單詞的聲音，也多半是暗啞糢糊，不及日常語言之響亮清晰。試比較日——太陽，妻——太太，翁——老頭兒，議——商量，速——快，一億——一萬萬，前者當然不及後者便於用耳朵接受，因之存於文字，離開口語。為了「傳播」的效果，日常語言有排斥「啞音」和「糢糊音」的自然傾向。這個傾向同時可以解釋下列三種現象：

一、為什麼許多字的「語音」和「讀音」不一致。如「鑰匙」讀音為「月匙」，語音為「要匙」；熨斗讀音為「浴斗」，語音為「運斗」；「咽喉」讀音為「夜喉」，語音為「煙喉」。

二、為什麼國語很快的吸收了某些方言。如有了「老鼠」，還要「耗子」；有了「弄」，還要「搞」，而且有後來居上之勢。

三、為什麼有些「文言」會留在日常語言裡，極受歡迎。例如明明是「拍巴掌」，偏喜歡說「鼓掌」。鼓掌二字的聲音，何等有氣力，何等熱烈動人，與滿堂喝采的氣氛，十分相近。「拍巴掌」是不能比擬的。

「文白問題」的討論，很難產生一致的結果，但是，「選擇便於用聽覺接受的字來使用」，今天所有的廣播工作者都已感到有此需要。因之，許多許多文言成分，逐漸從廣播中汰除了。在廣播中，新聞是比較「文」的一種文體，以前如此，以後也將如此。現在的廣播新聞，已比較當年「白」得多，新聞以外，非新聞的其他文體，如談話、對話或劇本，則更「白」了。下面有一份資料，可以具體的說明此一趨向。資料中上面的一排字，比較「文」，是從民國五十一年的廣播新聞稿中檢查摘錄而來，資料中下面的一排字，比較「白」，表示五十九年複查之後，這些「白」幾乎完全代替了原來的「文」。

新聞用語比較

然——然而
已——已經
頃——方纔
係——是謂
謂——告訴，說

旋——不久
斃——死
約——大約
前——以前
該——這個

稱——說
其——他
偕——跟……一同
勿——不要
暫——暫時
現——現在
與——跟，和
時——……的時候
之——的
致——以致
則——那麼就……
便——就
巨型——大型的，很大的
數百——好幾百
是否——是不是
覓得——找到

但——但是
雖——雖然
此一——這一個
保釋——交保釋放
不予——不加，不給它
將在——快要在……
酷愛——非常喜歡
年餘——一年多
掣據——給他收據
焚屍——把屍首燒燬
之職——……的職務
北市——臺北市
前者——前一條，前一個
詢及——問到
一俟——等到，只要等到……
導致——造成，以致發生

馳往——趕到
張君——張先生
明午——明天中午
赴美——到美國去
留歐——在歐洲留學
為何——為什麼
多屬——多半是
旨在……用意是
甚為——很
盛傳——正在流行的傳說
意圖——打算，企圖
此間——這裡，本省，本市
三週——三星期
鑑於——發現
臺澎兩地——臺灣、澎湖
閩粵兩省——福建和廣東

以迄——一直到
據悉——據說
傷者——受傷的人
疾馳——（汽車）開得飛快
桌上——桌子上
為時已晚——機會已經錯過，已經來不及了
均無所獲——都沒有結果
出具證明——給他出一張證明
施以壓力——加以強迫，加上壓力
遽爾輕生——忽然自殺，竟而自殺
荷印交惡——荷蘭跟印尼發生糾紛
殘骸遍布——滿地都是碎片
人機俱毀——飛機和乘客都完了
未婚產子——還沒有結婚，先生了孩子
適時適切之舉——很恰當的行為
為圖……計——為了……著想

有助於……——對……有幫助
為期三日之訪問——訪問三天
應……之邀——接受……的邀請
美第七艦隊——美國第七艦隊

存白去文

論「適應廣播的性能，發揮傳播的效果」，「存白去文」不過是第一步。即此一步，廣播節目的工作者也頗多遲疑。我們有尊敬文言、輕視口語的傳統觀念，總認為「質白俚俗」是一種罪惡，總以為某種程度的「文」，是智識分子、是文化人的血統。在下意識裡，我們或許覺得，「存白去文」是一種墮落，是從自己所屬的陣營中分離背叛。同時，「模仿文言」是我們學習語文的傳統方法，我們的導師是李白韓愈，教科書是八家古文或明清小品，學年為建安、六朝，學府在江西或桐城。從童年時代起，在國文課堂上，我們的光榮、驕傲、快樂，都建築在成語典故上，國文教師的紅筆，總是揀「規矩方圓」的地方密圈。長大讀書，也專誠欣賞人家「語出經史」。經過長年的浸潤，坦白的說，許多許多人也的確不知道純淨的白話文到底怎麼寫，對語彙，句法，篇章結構，都十分陌生。下筆運用日常語言，似易而實難，「淺近文言」似難而實易。如何克服這種困難，只有寄望新聞教育及專業訓練。

所謂「存白去文」，並不是凡「白」皆存，遇「文」必去。在「口語」中，至少有下列幾種成分，對廣播並不適當：

一、過於迷信

二、地域性過於狹隘

三、過於粗俗

四、囉嗦重複

在「文言」中，至少有下列幾種成分，在廣播中不可避免：

一、敬稱，如召見、呈遞、頒發。

二、制式語言，如盲射（國防部制定），飼料（農復會制定），罰鍰（立法院制定）。

三、歷史名物。

然而，對於「白」，廣播工作者的第一志願是「存」，除非不得不「去」。對於「文」，廣播工作者的第一志願是「去」，除非不得不「存」。取決的前提在乎意念的表達。「結廬」、「營居」、「蓋房子」所表達的是一個意念，既然有「蓋房子」，就無須使用「結廬」和「營居」。「中庸」是中國的哲學思想，要表達這個意念，只有用「中庸」二字，口語白話中沒有同義詞。職是之故，供廣播專用的作品中，可以出現「蓋房子」，也可以出現「中庸」，但不必出現「結廬」。「中庸」不得不存，而「結廬」不得不去。所謂存白去文，存去之間的分寸，大概也就在此吧？

從廣播的角度看〈琵琶行〉

白居易的〈琵琶行〉，是一首敘事長詩。這首詩「報導」了一個退休音樂家一次出色的演奏。從廣播工作者的角度看，這首詩的特異之處，在乎「它所報導的事實，是以一種聲音為主體」。它是在未有廣播之前，用文字「轉述」聲音，試圖達成對聲音的紀錄與傳送。

在未有廣播電臺之前，聲音媒介不能直接傳播，如何處理以「聲音」為主體的題材，是一件難事。論者以為，文字，尤其是中國文字，不能勝任此一工作。但是，在未有廣播之前，或者，在中國語文的性能未經專家與別種語文作充分比較之前，國人很少覺察到此一缺憾的存在，大家對〈琵琶行〉之繪影繪聲，一向滿意。白居易是大文學家，也就是說，他是一個最長於使用文字工具的人，他能將中國文字的特長，發揮到某一種高度。如果「繪聲」確為中國文字之所短，他能把此一缺點，減到最低限度。如是，像〈琵琶行〉這樣的作品，勢必引起廣播工作者職業性的興趣。把「聲音」當作一件「事實」來「報導」，是廣播的天職和特長，我們不禁要看，另一種工作者，即詩人，如何憑藉另一種工具，來負擔相同的任務。

〈琵琶行〉報導聲音的方法

綜觀〈琵琶行〉全詩，共計用下列幾種方法來記錄聲音，轉述聲音，對那聲音作了一番「報導」：

一、摹擬法。這是取一些跟那個有報導價值的聲音頗為相近的字音，使讀者藉這字音「彷彿」聽到那未曾聽見的聲音。原句：

㈠楓葉荻花秋瑟瑟。

㈡大絃嘈嘈如急雨。

㈢小絃切切如私語。

㈣間關鶯語花底滑。

㈤又聞此語重唧唧。

㈥嘔啞嘲哳難為聽。

二、譬喻法。明明要說的是琵琶演奏的聲音如何如何，卻偏偏避開琵琶，去說另一種東西，因為「另一種東西」的聲音，跟琵琶演奏的聲音相當近似。因之，凡是聽過「另一種東西」聲音的人，藉著舊有的經驗，也就「自以為」聽到了琵琶的演奏。原句：

㈠似訴生平不得志。

(二)大絃嘈嘈如急雨。

(三)小絃切切如私語。

(四)大珠小珠落玉盤。

(五)間關鶯語花底滑。

(六)幽咽流泉水下灘。

(七)水泉冷澀絃凝絕。

(八)銀瓶乍破水漿迸。

(九)鐵騎突出刀槍鳴。

(十)四絃一聲如裂帛。

(土)如聽仙樂耳暫明。

三、回應法。不去處理那聲音，卻來描敘那聲所引起的反應，包括報導者自身的感受，如當時環境因那聲音出現而引生的變化。這樣引起讀者的「同感」，再藉「同感」去想像：什麼樣的聲音才會引生這樣的回應。原句：

(一)主人忘歸客不發。

(二)說盡心中無限事。

(三)別有幽愁暗恨生。

(四)東船西舫悄無言。
(五)我聞琵琶已歎息。
(六)如聽仙樂耳暫明。
(七)滿座重聞皆掩泣。
(八)江州司馬青衫濕。

用以上三種方法處理聲音，是一切文學作品的通例，也可以說，白居易為使讀者能像他一樣「聽見」那一次成功的演奏，他使用了文學上的一切手段。就「報導事實真相」而論，〈琵琶行〉的成績是如何呢？

對〈琵琶行〉的探討

先看摹擬法。摹擬法有一個根本的弱點，就是字音不可能跟它所要報導的聲音完全相同。「瑟瑟」跟樹葉在秋風裡摩擦的聲音，「唧唧」跟人在失意時咂嘴作響的聲音，也許有幾分近似（也不過僅有幾分近似而已），但人們實在難以從「間關」聯想到鶯啼。尤其是，這一次琵琶演奏既出於極有修養的名手，音樂欣賞水準極高的白居易聽了如此感動，則「嘈嘈」、「切切」的字音，實在不足以摹擬萬一。任何多愁善感的人，聽了「嘈嘈」、「切切」之類的字音，也絕不會流淚歎息。摹擬法完全不能「報導事實真相」，因為，用以摹擬的聲音，和那被摹擬的聲音之間，鴻溝太寬、太深。

再看譬喻法。在〈琵琶行〉中，用以設喻的事物很多，計有低訴、急雨、私語、走珠、啼鶯、泉流、瓶破、奔騎、裂帛，以及仙樂等等。譬喻法是文學描寫的主要方法之一，可以達成文學上的諸般目的，但是，諸目的中沒有一個與「事實真相」有關。甚至，恰好相反，由於譬喻法能產生誇張、粉飾、特點集中、想像轉移諸作用，很容易歪曲了原來的被喻之物。不僅如此，就「報導事實真相」的觀點，譬喻法根本脫離了那個所要報導的事實，它絮絮不休加以說明的，乃是另外一件事實，嚴格的說，那「另外一件事實」並未發生。儘管你舉出低訴，急雨，私語……，然而當時並無急雨或私語。當時所有的，是音樂，音樂到底如何，似乎「不可說，不可說」。

在討論「報導事實真相」時，我們還得對譬喻法的弱點，有更進一步的揭發。由於「大珠小珠落玉盤，間關鶯語花底滑」等一串美麗的設喻，遂出現了「珠落玉盤，水行花底」的成語，用以形容美麗的聲音。事實上，「珠落玉盤」的聲音誰聽見過？何以能證明那聲音很美？人們不過由於「珠」「玉」都很美，從而「想像」到珠落玉盤的聲音很美；又從琵琶演奏出來的音樂很美，「推論」及於美麗的琵琶演奏當然很像美麗的珠走玉盤。再說「水行花底」，如果水流的聲音不美，何以經過花底便美？如果水流的聲音很美，何以經過花底更美？花影對水流的聲音並不能加以改變或增減，只不過是「花」是美的，「水行花底」字樣出現，讀者誤以為水聲也因之特別好聽。這完全是「事出有因，查無實據」。

更值得注意的是「裂帛」。裂帛的聲音也許很難聽，蒲松齡形容鬼叫，就寫過「聲如裂帛」。無奈「帛」之為物，名貴精致，華麗光潔，讀者對「帛」有好感，推愛及於裂帛所發出來的聲音，把那聲音也美化了，他寧可相信「裂帛」能比美第一流水準的音樂。和「珠落玉盤，水行花底」一樣，都是由於美麗的字面產生美麗的幻覺，可以名之為「文字催眠」。文字催眠是文學作品的目的，此一目的與報導事實真相無關。

再看回應法。這也是新聞報導者經常使用的方法，白居易在〈琵琶行〉裡所注意到的「反應」，同樣會被優秀的記者所注意。如果說，新聞報導也要文學技巧，「回應法」最為安全無害。不過，「反應」是新聞事件的擴充或輔助，不是那事件的本身。以音樂演奏為例，最重要的是如何把音樂送給不在場的人，而非僅僅對不在場的人誇述在場聆聽者如何滿足感動。以文字為工具的人，對於前者，束手無策，所以只有對後者大作文章。以白居易文學造詣之卓越，他也不能突破媒介工具所加給他的最後限制。前面說過，白居易是最擅長驅役文字的人，文字能做到的，他都做到了，如果他有所未逮，那恐怕正是文字所不能提供的服務。〈琵琶行〉使我們感動，但無法使我們聽到琵琶。白居易雖然無法使你聽見音樂，卻可以使你跟那些聽音樂的人同樣感動，甚至比他們更感動。是否真的聽見那音樂，反而無關宏旨。這是文學家的本領，也是文學的目的。你只要被作品感動就行了！——大眾傳播和新聞報導的宗旨卻並非如此！

現代傳播工具的運用

對於像白居易這樣的文學家，我們不會失去敬意。他不是廣播工作者，在他所置身的時代中，沒有廣播電臺。現在，我們何幸而有電子工業！今天的白居易，如果傾慕一個音樂家，他會給那音樂家安排錄音，或從那音樂家手中得到錄音帶。如果他要將一次成功的演奏分享天下後世，他的辦法是把演奏者請進電臺發音室，事後並灌製唱片，普遍發售。他不必動員那麼多的詞語去「捉摸」那不可捉摸的聲音，他甚至不必訴說自己的感動，讓那音樂直接去搖撼聽眾。今人如果像〈琵琶行〉那樣處理聲音題材寫文章，將被認為瑣碎、空泛，不耐細讀。當然，這一形勢對白居易的文學地位，無損毫末。

如果白居易的時代有廣播，如果白居易真的遇見了那位令他醉心的音樂家，當時的「九江廣播電臺」將如何報導這一個重要人物的重要發現？以今日的情況推想，它可能採取下面四種方式的任何一種，或兼取其二三。如果當時的九江廣播電臺這樣做了，〈琵琶行〉將化身為電臺的播稿，它可能是如下的任何一種模樣：

第一式

（本臺消息）有一位音樂家，隱藏在潯陽城外的一條船上，你知道她是誰嗎？

她是一位女士，已經在船上住了很久，昨天晚上，終於給白居易先生發現了，白先生是著名的文學家、文藝評論家。他聽過對方的琵琶演奏以後，非常驚喜，他表示，在這個音樂落後的地方，想不到有水準這樣高的演奏。

這位女音樂家是陝西人，她在十三歲的時候，已經是長安第一流水準的琵琶手。後來她結了婚，退出音樂界，離開長安，跟她的先生來到潯陽，住在船上。她的先生經營商業，不常在家，昨天晚上，白居易先生拜訪她的時候，她的先生到江西做生意去了。

白先生說，他所以能夠發現這位音樂家，完全是偶然的。昨天夜晚，白先生到潯陽江碼頭送行，忽然聽見琵琶演奏的聲音，他說，他自從來到潯陽以後，從來沒有聽見過這樣好的音樂，他和他的客人，都沉醉了。於是，他們一起尋找，在江心的一條船上，找到聲音的來源，他們立刻上船，拜訪那位美麗的女主人，在他們再三要求之下，女主人當場演奏了兩支曲子。

第二式

各位聽眾，在今天的音樂節目裡，先請您聽琵琶獨奏。

（放錄音帶(1)）

剛才琵琶獨奏，彈的是〈霓裳曲〉，音樂評論家白居易先生認為演奏的水準很高。這位彈琵琶的音樂家是一位太太，住在潯陽江裡的一條船上，跟外界幾乎沒有往來。白先生聽到她的演奏，非常驚喜，他說：「我簡直像是聽到了天上的仙樂」。

這位女音樂家是陝西人，年輕的時候，在長安非常活躍。後來，她跟一個茶葉公司的總經理結婚，離開長安，也退出音樂界，已經多年不肯公開演奏了。

白先生是在到潯陽江碼頭送客的時候，無意中發現了這位音樂家。白先生再三邀請之下，這位女士又彈了一支曲子。這支曲子，充滿了感傷的氣氛，——

（放錄音帶(2)）

第三式

記：名詩人也是音樂評論家的白居易先生，無意中發現了一位音樂家。白先生認為，這是很重要的發現。這位音樂家是一位太太，住在潯陽江當中一條船上，跟外界沒有來往。請問白先生，你是怎樣發現她的？

白：很偶然。昨天晚上，有兩個朋友離開潯陽，他們走水路，我到碼頭上送行。快要開船的時候，忽然有一陣彈琵琶的聲音，從江裡面傳過來，彈得非常之好。我跟我的朋友，坐在船上，去找音樂是從那裡來的。我們找到了一艘船，在船上找到了那位音樂家。

記：請問這位音樂家，是個什麼樣的人？

白：是一位太太。

記：有多大年紀？

白：接近中年。

記：她是那裡人？

白：陝西人。

記：昨天晚上，您聽她演奏了幾支曲子？

白：兩支。

記：您對她的演奏，有什麼意見？

白：那是第一流的水準。我來到潯陽以後，從來沒有聽見這樣好的演奏。說句不客氣的話，我們潯陽在音樂方面很落後。現在，有第一流的音樂家來到潯陽，我認為是音樂界的一件大事。

記：白先生，這樣好的音樂，應該讓千千萬萬人聽到，您說是不是？

白：昨天晚上，我們在船上聽演奏，順便也錄了音。錄音帶在這裡。

記：好極了，謝謝了。

（放錄音帶：(1)）

記：我跟白居易先生談過以後，去找那位淩波而來的音樂家。現在，我在江心，在船上，跟這位美麗的太太見了面。×太太，您好！

太：您好！

記：我們已經知道您來到潯陽，也聽到了您的演奏。我相信，我們的聽眾，尤其是愛好音樂的聽眾，都熱烈的歡迎您。

太：謝謝，實在不敢當。

記：請問，您為什麼住在船上？

太：我先生經商，常常在上游下游跑來跑去。我們就乾脆買了一條船，又可以住家，又可以運貨。來到潯陽以後，我先生一個人到江西去了，還沒有回來。

記：您怎麼會有這樣好的音樂造詣？

太：您太過獎，實在不敢當。我從來不敢說自己懂音樂。昨天晚上，一個人在船上，沒有事情好做，拿琵琶彈著玩兒，沒想到讓白先生聽見了。

記：您太客氣，您現在已經是個受公眾注意的人物，大家很希望知道您是一個什麼樣的人。請您談談您自己，好不好？

太：我是學音樂的，十三歲的時候，就加入長安女子樂隊彈琵琶。

記：長安女子樂隊？我知道，那是當年全國最有名的樂隊！

太：那裡！

記：您是什麼時候離開音樂界的？

太：結婚以後。

記：您對從前那一段音樂生活，是不是很懷念？

太：有時候，會做夢夢見從前的事情。

記：您在音樂方面有什麼計劃？比方說，重新回到音樂界？

太：沒有這個打算。

記：那真是我們音樂界的一大損失！

太：不敢當！

記：我提一個建議。請您演奏幾支曲子，由我們電臺播送出去，這樣，音樂界的損失，也可以稍稍彌補一下。您看好不好？

太：我已經多年不公開演奏了。為了答謝貴臺的好意，我就再獻醜一次吧！

記：好，謝謝您！

（放錄音帶：⑵）

第四式

（琵琶聲）

記：我是九江廣播電臺的記者，在潯陽江裡面的一條船上，向您報導音樂界的一件大事。我所登上的這條船，是一位音樂家住的地方，她是一位太太，一位彈琵琶的名手，結婚以後早已退出音樂界，跟外界沒有往來。現在名詩人、也是音樂評論家的白居易先生，來到船上，要求跟這位素不相識的女音樂家見面。現在這位太太出來了！

（琵琶聲停）

太：是白先生嗎？

白：我是白居易。這麼晚了，來打攪您，實在冒昧。

太：您太客氣。白先生來，一定有什麼指教。

白：我到碼頭送朋友上船，聽見您彈琵琶，我想，潯陽是個音樂落後的地方，怎麼會有這樣好的演奏？我太驚奇了，也太高興了，我不能不登門拜望，看看這位大音樂家是誰。

太：白先生過獎了。外子出門經商，我在這裡等他回來，閒來無事，偶然彈一支曲子，想不到驚動了大駕。

白：我希望，我冒昧拜訪，不要打斷了您的演奏。好讓我們有機會欣賞第一流的音樂。

太：我已經多年不對外人演奏，不過白先生的詩名文名，天下仰慕，我也是您的讀者，我不敢把您當一般外人看待。

白：我非常感謝！

（琵琶調弦聲）

記：這位忽然被人發現的音樂家，現在開始演奏了。

（琵琶演奏：第一曲）

記：剛才這支曲子，叫〈霓裳曲〉。彈完了〈霓裳曲〉之後，這位音樂家接著彈下去，彈的是〈六幺曲〉。她演奏的時候，低著頭，用指頭撥弦，動作非常輕快自然，——

（琵琶演奏：第二曲）

記：〈六幺曲〉演奏完了。琵琶的聲音停下來，我們才發覺整條船上靜悄悄的，沒有別的聲音，整條江上也靜悄悄的，沒有別的聲音，秋天的月亮照在江心裡，滿江一片白茫茫的。——現在這位音樂家放下琵琶，站起來了。她整理一下自己的衣服，端端正正站在那裡。對白居易先生，作簡短的自我介紹：她究竟是一個什麼樣的人，我想，每個人都願意知道。

太：我是陝西人，咸寧縣的蝦蟆陵，是我的老家。我從小在長安學琵琶，十三歲的那年，加入長安女子樂隊。從那以後，我一直在音樂的圈子裡生活，有過光榮，有過驕傲，每天都很快樂，不知不覺，很多年過去了。不知不覺，忽然發現自己疲倦了，該休息了，好日子過完了。於是我決定退出音樂界，結婚。我的丈夫做茶葉生意，前幾天到江西去了，我獨自個兒在船上等他。有時候，想起年輕時候，不知不覺要把琵琶拿出來，再看一看，再彈一彈。誰知道，把您白先生驚動了。

白：我剛才聽您彈琵琶，深受感動，現在又聽到您的身世，聯想到我自己的遭遇，更覺得人生淒涼。

去年，我由長安調到潯陽，身體和心情都不好，天天聽見杜鵑叫，天天聽見猿啼，使我非常想念長安的音樂！今天晚上，我有幸聽見您的演奏，我好像又回到長安，又回到那個水準很高的音樂世界。我們天涯淪落，萍水相逢，雖然素昧平生，但是同病相憐，請您再彈一支曲子，然後我為您寫一篇長詩，您看好不好？

記：這位音樂家聽見白先生的話，站在那裡，一語不發，白先生也不再說什麼，靜等對方的答覆。現在，這位音樂家還是站在那裡，好像在仔細考慮。我們希望她能答應。如果她答應了白先生的要求，一定可以在中國文學史上留下一段佳話。現在船上的空氣非常沉默，也相當緊張。——她坐下了！……她伸手去拿琵琶！……她開始調弦，她答應了！她要為白居易先生再演奏一次，白先生要為她寫一首長詩。白先生現在的表情非常感動！演奏開始了！

（琵琶演奏：第三曲）

為什麼會聽錯？

四月初，「早晨的公園」接到華僑中學教師黃先生來信，希望在這個節目裡發起「全國學生捐款獻艦」運動。黃先生說，他們班上的同學已經在這樣做，成效很好。我們讀了黃先生的信，愛國心也立時膨脹起來，對那些把糖果錢丟進捐獻箱的小手，為之悠然神往。不過，「早晨的公園」不認為自己有能力把它造成一個全國性的運動；同時，「早晨的公園」剛剛結束了一件類似的工作，不敢接二連三再請園友們慷慨解囊。我們深知對社會的同情心或正義感，不宜頻繁支取，兩次支取之間，不能不有相當時間的休養生息，所以，在理智的考量之下，我們的決定是：公布黃先生的來信，讓聲氣相同的人自動跟黃先生聯絡。於是在四月十一日，「早晨的公園」播出了如下一段談話：

捐錢買軍艦

華僑實驗中學初一信班的同學，在班上掛了一隻箱子，同學們把零用錢節省下來，丟進這個箱子裡。班上三十七個人，已經捐了一百多塊錢了，捐錢做什麼呢？他們要捐錢造一隻軍艦，獻給國家。

事情怎麼發生的呢？教科書上有一課叫「阿米利加的幼童」，說是美國的孩子們把糖果費節省下來，半年之內，就能買一艘軍艦，充實美國的國防。信班的同學讀了這一課，大受感動，認為美國兒童能辦到，我們當然也能辦到。所以他們就掛上箱子，捐起錢來。當然，這件事情經過級任導師的鼓勵。他們的導師是一位黃先生。

黃先生有信給我，把他們班上捐錢造軍艦的事告訴了我。我很佩服黃先生，他做導師做得很成功，班上的全體同學都這樣聽他的話。我也很喜歡他那班上的學生，喜歡他們天真，喜歡他們熱情，喜歡他們有理想。黃先生希望我在節目裡配合發動，讓別的學校別的學生也捐錢，讓全國的中學生都把零用錢捐出來，直到能買一艘軍艦為止。

華僑實驗中學初一信班的同學，捐錢買軍艦，是一條很好的新聞。我在這裡把它報告出來。如果那個學校、那位老師對這個新聞發生興趣，可以跟黃先生聯絡，華僑實驗中學的地址在板橋。

談話播出後，黃先生那裡會收到什麼樣的反應，我們不得而知，在「早晨的公園」這一方面，卻突然收到一張明信片，痛責「早晨的公園」主持人「打擊愛國青年的熱誠」，「對捐款獻艦運動嗤之以鼻」。信中說：「這個主持人，竟然公開宣稱，要愛國，你們去愛好了，我是沒有功夫的。」這張明信片是直接寄給公司當局的，由當局批交查覆。我們把那天的談話稿找出來，重讀一遍，其中既沒有「對捐款運動嗤之以鼻」，也沒有說過「要愛國，你們去愛好了，我是沒有功夫的。」毫無疑問，這位來信責難的聽眾是聽錯了。

——可是，他為什麼會聽錯？

到了七月七日，「早晨的公園」又有如下一則短短的談話：

五省中的分部

我從報上看見兩個廣告，登廣告的，是兩個學校的家長會，這兩個學校，一個在新店叫「新聯分部」，一個在汐止叫「汐聯分部」。我先把這兩個學校的背景交代一下。臺北市有五家省立中學，一女中，二女中，建國，成功，師大附中，五家。這五家省中，聯合起來，辦了五個分部，五個分部都在郊區，有的在木柵，有的在汐止，有的在新店。這些分部，正式的名稱很長，招牌上的字很多，比方新店分部吧，正式的名稱是「臺灣省立臺北第一女子中學，臺灣省立第二女子中學，臺灣省立建國中學，臺灣省立成功中學，臺灣省立師範大學附屬中學新店聯合分部」。這恐怕是中華民國最長的一個招牌啦。招牌太長，平時大家就簡稱五省中新聯分部。這種分部，雖說是五省中聯合分部，其實每個分部由一個省中來主辦，比方說，新店的那個分部由一女中主辦，木柵的那個分部，由師大附中來主辦。所以，習慣上大家又說那是一女中分部，或者二女中分部，或者師大附中分部。這分部沒有自己的關防，一女中分部，用一女中的校印；二女中分部，用二女中校印，所以，新店分部畢業的學生領到的是一女中的文憑，因為這個原故，這幾個分部很吃香，比縣立中學吃香。現在為什麼家長會出來登廣告呢?因為政府決定省辦高中，縣市辦初中，省中的分部，要改成縣立，五個分部的學生家長都不願意改縣立，都向政府請願，請願交涉的結果，據說有的可以保持老樣子，繼續做省中的分部，有的，要在今年暑假改成縣立中學。這樣處理，未免不公平。既然不公平，啟事就登出來了。這麼大熱天，做學生家長的為孩子的學籍東奔西走，夠教人同情的了。這五個分部，省辦也好，縣辦也好，咱們外人實在沒話說，不過如果省辦成績很好，又何必一定改動呢?再說，要省辦，五個都由省來辦，要縣辦，五個都由臺北縣來辦，也還有道理可講，弄出兩種處置來，有的改縣辦，有的依然省辦，當然是不好的。

這段話，竟然又遭遇到如下的指責:

「我們對閣下對新店聯合分部歪曲事實的談話，提出嚴重的抗議!」

「我們懷疑，閣下是受了臺北縣政府教育科的酒肉招待，胡說八道一番。」

「你說省立分部的名義比較好聽，這是給新聯分部的絕大侮辱。」

「新聯分部是五個分部中最優秀的。……一個良好的學校關乎百年大計及子女前途，我們應該愛護它，使它永遠的保存下去，這才是一個正直君子應有的態度。」

「但是一個好的學校常為一般人所嫉妒所破壞。……我們要為新聯維持現狀而奮鬥到底。省辦高中、縣立辦初中，在臺北縣是說不通的，現在新店文山中學就有高中、初中。你又如何解釋，你還有什麼話為臺北縣教育科申辯？……」

信末由「新聯分部全體家長」署名，並以挑戰的語氣，要「早晨的公園」公開答覆，我們想，最好的答覆，就是公布那一小段談話的原稿，各位親愛的園友，如果你們有興趣裁判是非，請您倒回去，把前面那段話再讀一遍。那段話的本意，本來對新聯分部學生家長的「拒絕縣立」，抱著很大的同情，對新聯分部的本身，並沒有惡感，對教育當局在「省辦高中、縣市辦初中」的原則下，對五個分部作了兩種不同的處置，表示不能同意。而所謂「新聯分部全體家長」者，竟說「早晨的公園」接受臺北縣政府教育科的酒肉招待而代為申辯，明明又是把我們的談話聽錯了。在這裡，我們的興趣不在與那封用「全體家長」的名義寫來的信，較量辭鋒，我們的興趣是追問：

——他為什麼會聽錯？

廣播是一種傳達，而傳達，最重要的是準確。我們說的是A，就希望聽眾聽見「A」，不希望他們自以為聽見了「A^{1}」。說「A」而使人家聽了以為是「A^{1}」，這是傳達的失敗。在理論上，傳播工作，可能發生這樣的失敗，但是，不容易找到具體的例證來從事分析檢討。「早晨的公園」無意中發現了兩個例子，我們認為很難得。我們不採取將來信悄悄歸檔的辦法，而願意把它當做一個公開討論的話題。這樣做，雖然好像是沒有替「早晨的公園」掩蓋弱點，可是討論的結果卻可能對人對己都有益處。

「早晨的公園」對廣播這一工具的長處和短處，有清楚的認識。廣播，對聽眾而言，是一連串由耳旁匆匆掠過的聲響，既不能保存，又沒有沉吟思索的功夫，甚至不能「參考」說話者的表情與口型，所以極容易聽錯對方的意思。為防止錯誤發生，在廣播中發表的文稿和談話，不能使用太濃縮的句法。我們檢討「早晨的公園」四月十一日關於捐款獻艦的談話稿，和七月七日對新聯分部改制的談話稿，發覺在這方面業已善為預防，這兩段談話中的造句都很短，伸縮性很小，而且在不引起聽眾厭煩的限度以內，作了必要的重複。「我也很喜歡他那班上的學生，喜歡他們天真，喜歡他們熱情，喜歡他們有理想。」連用了四個「喜歡」，怎能再說是「嗤之以鼻」呢？「這樣處理，未免不公平。既然不公平，啟事就登出來了。」連用了兩個「不公平」，怎能再指為「受了臺北縣政府教育科的酒肉招待」呢？——

我們也想到，聽廣播不比看電視，注意力未必一直集中在所聽的節目上，於是，對一段完整的談話，往往只留下局部的印象；另一種情形是，收聽時間與節目時間略有參差，對一段談話，只聽見前面一節，或只聽見後面一節，或者只聽見中間一節，這樣，聽者很容易把廣播談話中的一斑，誤為全豹。所以，普通作文章「欲折先揚」、「寓貶於褒」之類的章法，不宜使用。坦白的說，當我們做聽眾的時候，如果未能聽到人家的全部說詞，我們就認為自己還沒有了解對方的意見，不能加以批評。可是，為了顧及聽眾們實際上的習慣，我們樂於接受這樣的限制，那就是，對一篇播稿，力求一以貫之，使每一「局部」中不失「全體」的精神。重讀四月十一日和七月七日兩篇播稿，對這個誡條還不能說有明顯的悖謬。

經過一再思索，我們相信「毛病」是出在這裡：現在的評論，不論是廣播、報刊，不論是文字、口頭，都喜歡說說熱烈、肯定的話，像「無可置疑」、「不容諱言」、「必須」、「一定」、「絕對」、「完全」等之字眼，充塞其間。大家喜歡說這些字眼，喜歡聽這些字眼，久而久之，聽話的人可能養成了這些習慣：

一、非火辣辣的言詞不過癮。說一個人文章好，似乎只能用「最偉大的作家」及其類似的措詞，否則，那作家就認為並沒有得到稱讚；說一個人的品行壞，似乎只好使用「衣冠禽獸」或其他類似的措詞，否則，某些人就認為你並不曾譴責那個壞人。

二、對主觀的意見和客觀的分析性的說明，不能辨別。本來，「說明」並不是「主張」，假如有誰寫下：「農村中有很多家庭，子女太多，生活很苦，有些女孩子還沒有成年，就要出外賺錢，並且要賺很多錢。一切正當的職業，都不能使她賺到很多的錢，結果，她做了娼妓。」這段話是一種「說明」，不是一種「主張」。可是，說這段話的人，最可能得到的反應是，「你在主張窮苦的女孩子去做娼妓！」

三、不允許有中間立場。中間立場是一種折衷性的意見。並不是每一項是非都以「折衷」為最好，但是，也不是一經「折衷」就註定了不好。無奈人心厭中，喜歡一面倒，自然是喜歡向「我」一面倒，於是一切公道話，都被認為是不友善的。「非友即敵」、「凡不與我聚斂的，就是為我分散的」，人既充滿了這種強烈的感情，許多本無惡意的話，也都因聽者別有會心而染上了色彩。

在這樣的風氣、這樣的社會心理之下，廣播談話的口吻只好斬釘截鐵，用不容許商量，不容許懷疑的態度，說明必須如何、完全如何、一定如何。說話的人往往旂幟鮮明、感情熱烈。寧可過分，不可不及；寧可武斷，不可游移。我們在思考這個問題的時候，曾向各種來源搜集了五十多篇評論性的廣播稿件，研究比較，相形之下，「早晨的公園」在四月十一日和在七月七日播出的兩篇短稿，口氣是太冷淡了些。這種恬淡的風格，固然有它的優點，但是，顯然跟上面所說的三點不相容，以致這些話在傳進某些聽眾的耳朵時，它的意義很容易被弄擰了。——為什麼他們會聽錯？這是我們找出來的答案。

在這裡，我們無意提倡用熱血沸騰、奮不顧身的態度論事。我們並不想推廣，甚至根本就不喜歡「必須」、「絕對」這一類的字眼。可是，在屢次被聽錯，以後可能再被聽錯的情勢下，我們也實在困惑。也許我們應該堅決的說：「捐款獻艦，是每一個青年都應該做的事。全國各級學校的學生，必須立刻參加這個偉大的運動。」也許我們應該說：「新聯分部，絕對應該維持現狀，誰打破它的現狀，誰就是教育的罪人。」也許，我們一度追求的品茗清談的氣氛，勢將代之以疾言厲色的爭吵，然後在傳達時始能準確，始能不被誤解。是不是真的有這個需要呢？

口頭傳播與「善意」

主持廣播節目，無論你的基本宗旨是「教育至上」，或是「娛樂第一」，或者別的，都不可缺少善意。

善意就是好意，一片好心，毫無惡念。你是無猜的，不設防的，絕沒有欺侮戲弄窺探那個人的意思。你惟一的企圖就是希望聽眾得一點好處，至少讓他不吃虧。在緊張無情的現實生活中，聽眾應不容易遇到這樣的人，一旦遇上，難怪就要「愛不忍釋」了。

節目主持人所需要的語言訓練之中，該有一項是表達善意的訓練，另一項是糾正、防止在日常生活中不知不覺業已養成的「非善意的」說話習慣。善意的表達常常在許多看似「末節」的地方，例如，一位主持人在介紹自己時說：「我姓謝，謝謝你的謝」，善想盎然流露。他如果說成「新陳代謝的謝」或「謝天謝地的謝」，原無不可，但三種說法的得失優劣，不難比較出來。

必須當心「假設」。在現實生活中，交談者往往濫用假設，認為假設的情況對人無害，而惡意往往賴以偽裝混入。收音機裡面說：「快去買人壽保險吧，天有不測風雲，人有旦夕禍福，萬一有個三長兩短——」這實在是一種很惡劣的說法。「如果你想長壽的話」，這無異假定聽眾都是短命的了。除了醫學講座以外，不宜說胖人多半要得腦充血，瘦子多半要得肺病，這樣的話在醫學講座中反而不容易聽到，受過科學訓練的醫生不大肯籠統的假定什麼。

所謂善意，不能只顧一面，顧此失彼。顧了司機，忘了乘客；顧了男人，忘了女人；顧了基督，得罪天主，仍是失著。有人喜歡嘲笑麻子跛子或禿子，以博聽眾一粲；有人以上海、山東或貴州當地的生活習慣誇張缺點編製笑料，他們似乎忘了大眾傳播工具能為所有的人接受，包括各省人和身體有各種特徵的人。形容一隻母狗「還是老處女」，喜歡養狗的人聽了固然親切，無奈那些真正的「老處女」呢？宣布與聽眾利益有關的一項計劃，稱之為「福音」，邀一個有專長的人在節目中出現，許為「權威」，要先想一想夠得上稱為權威的人很少，夠得上稱為福音的事尤其不多，倘使用不當，即對聽眾構成「過分低估」，失去善意。當然，謔而且虐，使參加節目的人難堪，也不足取，因為被邀參加節目的人，在某種程度上代表聽眾，他們的播音是偶然的非職業的，由社會中來，事後回社會中去，聽眾在心理上許為「我輩」，在某種程度上榮辱相關。

論者稱善意的笑料為幽默，稱惡意的笑料為諷刺。對廣播而言，「幽默」為尚，諷刺不取。二者的分寸頗難言傳，明末文人張鍛亨有〈借米謠〉三首，前兩首為幽默，末一首是諷刺，全文轉錄於下，以供參考：

「我無奈，向君哭，懇君借我米一斛。願來生君作主人我作僕，憑君時時呼喚，我只小心服侍直到蒼頭禿。」

「君不肯，我再求，懇君借我米一斗。願來生君作富翁我作狗，憑君時時呼喝，我只擺尾搖頭常守家門口。」

「君不肯，我再歌，懇君借我米一蘿。願來生君作頑妾我作夫，憑君時時吵鬧，我只裝聾作啞半死半糊塗。」

傳播事業中的海鷗

《天地一沙鷗》是一本暢銷書，這本書有它暢銷的條件，經過蔣院長的公開推薦之後，它的讀者當然更多了。這本書可以從好幾個角度去看，我的著眼點放在海鷗不斷創造它的飛行紀錄上。

在李查巴哈筆下，海鷗是一種平凡的飛鳥。每天早晨太陽出來以後，成群的海鷗來到海岸上，它們爭先恐後尋找食物。每一隻海鷗關心的事情，不過是如何從空中衝下來，把海面上的小魚啣在嘴裡。海鷗的家訓是：「你會飛就是為了要吃飯。」它們在世間，就是為了要生存。「能活多久就活多久」。

其中有一隻海鷗，與眾不同，它不關心吃什麼，它所追求的是更高更快的飛行。它希望知道究竟在天空中能夠做什麼，不能做什麼。在它看來，飛行的速度最重要。「速度就是樂趣，速度就是至真至純的美」。

別的海鷗都嘲笑它，大家認為海鷗就是海鷗，海鷗的能力有一定的限制，既然做了海鷗，就只有過海鷗的生活。但是這一隻與眾不同的海鷗，有它特別的信心，它每天全心全力練習飛行。它吃了很多苦，屢次失速而下墜，但是它從失敗裡得到經驗，不斷的改正自己的缺點。它的飛行速度，由每小時五十哩進展到七十哩、九十哩，這已經是海鷗飛行的世界紀錄了，但是它還能突破這種成就，把速度增加到一百二十哩、一百四十哩、一百六十哩。最後它竟然能夠以時速二百一十四哩飛行，這是海鷗的世界裡，海鷗的歷史中最為偉大的一刻。但是這仍然不是最後的速度。

這隻海鷗繼續練習飛行，時速達到二百七十三哩，它認為它已經飛到了海鷗的極限，無論如何沒有辦法飛得再快。但是它知道仍然不是最完美的飛行，因為任何數字都有一個限度，「而完美是沒有限度的」，完美的速度就是要達到沒有限度的境界。看來這是不可能的，但是它終於辦到了。它可以飛到任何它想到達的空間世界裡去，無論是什麼地方，什麼時間，只要它想要去，都可以馬上到達。這種飛行跟思想一樣快，這才是完美的飛行。

這隻海鷗給我們的啟示是，改正自己的缺點，發揮自己的特長，打破現有的限制，創造未來的紀錄。海鷗能夠如此，萬物之靈的人類當然也能如此。這隻海鷗永遠不說：「我已經盡力了」、「我已經沒有辦法了」、「我只能做到這樣」。在它的辭典裡，所謂極限就是無限，所謂不可能就是未來的可能。海鷗如此，萬物之靈的人類也應該如此。

在今天的傳播事業當中，無線電廣播好比是一隻沙鷗。論娛樂價值，它趕不上電視；論實用價值，它趕不上報紙。尤其是電視深入家庭，控制全家人的耳目，客廳裡面從前放收音機的地方，現在被電視機所占據，使無線電廣播受到很大的壓力。很多人認為無線電廣播的發展已經到了最後的極限，這一代人所能做的就是看見這個事業的沒落與結束，除此以外不能再做什麼，就是做了也是沒有多大的用處。甚至連這一行的工作人員，也有人這麼說。

如果無線電廣播是一隻海鷗，這隻海鷗每小時究竟能飛多少哩？七十哩嗎？九十哩嗎？一百四十哩嗎？二百一十四哩嗎？它現在的紀錄究竟是不是最後的紀錄？它已有的紀錄是不是能突破？事實上，這隻海鷗的長處還沒有完全發揮，它的缺點還沒努力糾正，它現在的飛行紀錄，隨時可以擦掉重寫。

近幾年來，無線電廣播承受電視的壓力，這是電視向無線電廣播挑戰。說到挑戰，容易想到歷史家湯恩比說過的話，他認為歷史發展的過程就是挑戰和反應，挑戰一定會有，全看你產生什麼樣的反應。如果你的反應適當，你就會成功；如果你的反應錯誤，你就會失敗。這個定理可以解釋一種文化的演變、消滅；可以解釋一個國家的興隆、衰亡；可以解釋一個人的成功與失敗。拿一個人來說，這有一個人，他去參加某一種考試，不幸落榜，這對他是一種挑戰。他如果下一番苦功，好好準備，下次再考，就是正確的反應。他如果心灰意懶，打牌喝酒，不願意再面對現實，這就是錯誤的反應。他落榜之後經過一番細心的檢討，如果發現自己沒有這方面的才幹，就斷然改變方向，另謀發展，這可能是正確的反應。如果他從此要自暴自棄，認為自己今生註定不會有什麼成就，這顯然又是錯誤的反應。一個人的歷史是如此，一種事業的歷史也是如此。

一種事業在接受挑戰的時候，它本身先經過一番反省、調整、動員，它所有的潛能都會自然發揮，使這個事業有一個最燦爛的時期。它如果能通過考驗，站穩了腳步，這個事業就開始有新的生命，有了新的前途。二十多年以前歐美先進國家的無線電廣播受電視挑戰的時候，那裡的無線電廣播立刻迎頭奮鬥，它們把自己能做而平時沒有想到的事情都發現了，它們把過去認為自己不能做到的也都辦成了。那一段時間，無線電廣播真正起飛，真正多彩多姿，真正前無古人。一種有根基、有群眾、有成就的文化事業，不會悄悄的死亡；那些有理想有才能的工作人員，也決不會袖起手來承認失敗。到現在，那裡的電視事業雖然得到充分的發展，但是新的無線電臺還是不斷的成立，收音機的製造仍然年年增加。

在我們這裡，電視來得比較晚。在電視的壓力形成以前有一段時間無線電廣播非常繁榮，那時候廣播節目有很多表現，工作人員充滿了自信，社會對他們也很尊重。後來在廣播範圍以內，對手出現了，而且成長得很快，越長越大，到了無線電廣播接受挑戰的時候了，也到了這個事業應該發揮潛能的時候，廣播工作人員才華、光芒放射得最遠的時候，總而言之，是這個事業創紀錄的時候。它可以給我們一個榜樣，叫我們看見如何自強不息，衝破難關，如何跟強大的力量在對抗，使自己也變得更強大。這個過程還沒有出現，可以說無線電廣播的高潮還沒有來到，它的全盛時代還有待這一行的工作者努力創造。

今天的無線電廣播人員，要像在天上飛翔的沙鷗一樣追求完美，要不斷的思量我究竟能做什麼？不能做什麼？無線電廣播只有聲音，沒有畫面，它能做的和不能做的，非常明顯。不能做的索性放棄，能夠做的盡最大努力做到最好。無線電廣播既然只有聲音，那麼聲音就是它的生命，它要像愛護生命一樣愛護聲音，像發揮生命的光和熱一樣，發揮聲音的特性。電視的壓力既然像烏雲一樣壓在頭頂上，那麼只有低下頭去流血流汗，拚命把它弄好，然後才可以挺胸抬頭。音質必須良好，音量必須正常，必不能有唱針在唱片的溝槽裡緊急畫過的嗚嗚之聲，必不能有磁帶在錄音機裡倒轉的吱吱之聲。一圈磁帶如果有兩次先後使用，必不能使兩次的聲音都留在磁帶上同時出現，互相干擾。除非是歷史性的資料，唱片必不能有沙沙之聲。修理發音室敲敲打打之聲，值班人員相互交談的切切細語之聲，必不能隨著音樂廣播出去，音樂放送的時間，事先要有妥當的計算，必不能在旋律中間任意切斷。聲音是無線電廣播唯一的資本，必不允許它敗興，也必不允許它降低無線電廣播的聲望。

無線電廣播還能夠做到一件事：立即播出新聞而且一再重複播報，使聽眾隨時隨地可以收聽。今天是個新聞報導「爆發」的時代，人人吸收最新的報導，了解今天，決定明天。人人對於跟自己生存有密切關係的情報，都希望知道得早，知道得詳細。因此廣播新聞對電視有相當的壓制力量。

在無線電廣播未來的高潮裡面，新聞節目是決定性的因素之一。我們究竟能有多麼快，多麼好的新聞，才會有多麼高的高潮。高潮要靠一粒一粒的水珠結合起來，也就是說：廣播新聞要經常不斷的，一小時、一小時的建立信用，增加聽眾的依賴性，深入社會，變成大家的一項必需品。所謂高潮並不是三年不鳴，一鳴驚人，也不是每年多來幾次颱風，大家靠天吃飯。所謂高潮是先向下紮根，後向上結果，也就像「海鷗」一樣，每天不斷的練習飛行，受盡各種痛苦，然後追求到自己的理想。

在廣播新聞以外，還有各種各類的廣播節目。這些節目在無線電廣播的全盛時代，也都要擔當重要的角色。廣播節目本來不是一種藝術品。但是，就構想和製作的過程來說，主持節目誠然是運用之妙，存乎一心，跟藝術家的工作大致近似。藝術工作最忌模仿，節目與節目之間同樣不宜互相模仿，而所有的廣播節目尤其不可模仿電視。今天的電視競賽節目，每天可以送一架電視機或者是一臺冰箱，廣播節目如何能夠再用幾張唱片做贈品來吸引聽眾？電視節目有聲有色，娛樂價值極高，廣播節目如何能夠以說一個故事或者辦一場晚會來跟它們競爭？至於發展低級趣味，電視裡面的歌星舞娘，只要伸手拉一拉她的裙子，提高幾寸，廣播節目主持人整年說過的黃色笑話，都要黯然無光，你又如何能夠在這方面跟它競爭？

無線電廣播是社會現象第一個反應者，然後是電視，然後是報紙雜誌。所以廣播站在知識的第一線。一種新的學說，新的主張，新的發明或發現，應該先由廣播告訴大家。廣播說完了以後，由電視來補充，電視說完了以後，由報紙雜誌做比較詳細的解釋，最後才輪到書店。書店把它印成一本書，完成了知識傳播最後的形式。這個順序當然完全出於假定，但是這種假定非常合乎邏輯。明天的無線電廣播，如果還有一個黃金時代，廣播節目一定有豐富的知識性，它在知識與思想方面，保持高度的敏感。

一提到知識與思想，可能有人就認為廣播節目充滿枯燥無味的長篇大論和陳腔濫調的教條，這是很不幸的誤會。事實上知識與枯燥，思想與教條，兩者之間並未有必然的關係。甚至可以說，枯燥無味的長篇大論未必都是知識，而教條很難稱之為思想。在這世界上，已經有多少真正有知識的人，把知識變成可愛的東西，他們解決了知識傳播的技術問題，其中包括廣播作家在內。廣播作家抄報紙，尤其是抄舊報紙的時代過去了，節目主持人手裡拿著一本書，尤其是手裡拿著多年前出版的三流著作，照本朗誦的時代已經過去了。廣播節目道聽塗說拾人牙慧，來滿足中小學生的時代過去了。唯有這些都成為過去，無線電廣播才有前途。

如果廣播節目取法藝術品，它至少要盡力做到兩點：第一，它由全體到每一部分都花過心血，第二，它由部分到全體，都是主持者的人格的擴大跟放射。製作廣播節目的人知道節目的生命非常短促，曇花一現可能就永遠消滅，在製作的時候，很可能有因陋就簡馬馬虎虎的地方。其實這種想法是錯誤的，對廣播節目的特點並未認識清楚。廣播節目不能每年影響一萬人，流傳一百年去影響一百萬人，但它在一天之內，甚至在一小時之內，立即同時去影響一百萬人。兩者同是去受一百萬人的考驗，同樣是要全神貫注，精益求精。

對節目的每一部分都花過心血，這樣的節目才能人格化，唯有人格化的節目才生動、活潑、親切、可愛。聽眾雖然只能聽到聲音，可是他從聲音裡面很清楚的可以聽到一個人的思想、感情、意志、氣質、修養、才華，乃至於理想和抱負，這些有血有肉的成分，會吸引他，使他做這個節目的長期聽眾。在長期收聽的過程中，聽眾發現這個節目的思想、感情、意志，前後一貫調和，沒有矛盾。這個節目所表現的氣質，修養非常真誠，沒有虛偽，而且一年比一年有更多的進步，它永遠能滿足聽眾，聽眾也就不想放棄它，如同不想放棄一個談得來的朋友。這種「人格」非常抽象，這種朋友只是一個影子，沒有實在的形體，不過這反而是一大優點，因為在工業社會裡面，生存競爭非常激烈，現實冷酷而缺少人情味，人跟人接近的時候彼此都有戒心，情緒都相當緊張，經驗也都很不愉快，反而不如跟這種抽象的影子神交。聽眾跟影子之間當然有一段距離，這段距離恰恰可以使雙方的關係非常完美。社會心理既然如此，所以人格化的節目才容易生根。

在《天地一沙鷗》裡面，那隻飛得更快更高的沙鷗，是一隻瘦鳥。如果拿為生活而工作的眼光來看，今天的無線電廣播也很瘦。如果拿為工作而生活的眼光來看，這一隻海鷗的體力能夠支持它做完美的飛行，能夠支持它一再打破世界紀錄，甚至最後能飛得和思想一樣快。今天無線電廣播的人力物力都不夠，更要人盡其才，物盡其用，打破現狀，開創新的局面。除了它自己限制自己，沒有人能夠限制它，因為它本來就不是一隻平凡的海鷗。

對國內廣播節目的觀察

一

中國的廣播事業起步不算遲，世界第一座廣播電臺成立（民九，一九二〇，美國畢茨堡，KDKA）後兩年，即民國十一年，上海即有了美商亞司蓬所設立的五十瓦電臺。民國十六年五月，交通部設立天津廣播電臺，為我國第一座公營電臺；十月，上海新新公司在其六層大廈屋頂設立廣播電臺，為我國第一座民營電臺。

我們的廣播事業進展也並不慢。民十七年，中國廣播公司的前身，中央廣播電臺在南京開播，到民國廿一年，擴建七十五瓩中波機，俗稱「中央大臺」，不但全國各地能清晰收聽，即日本、菲律賓、紐西蘭等地也都在電波有效的籠罩之下。當時日本最大的電臺電力不過十瓩，他們稱此聲威遠播的中央大臺為「怪放送」。

二十五年，中央廣播事業指導委員會成立時，我國有公民營電臺七十六座，總電力九萬四千瓦。

三十六年，中廣公司成立前夕，該公司一家已轄有電臺三十九座，發射機七十四部，總電力四十一萬瓦。這些數字，約略可以窺見我國廣播事業增長的情形。

但我國廣播事業所受的蹉跌也很重。民三十八年，大陸變色，廣播界舊業蕩然，在臺和來臺的廣播電臺共僅十座，公營二（軍中、空軍），民營一（民本），中廣七。當時，前「臺灣放送協會」所留給中廣的基礎，亦甚殘破（總電力一百瓩）。廣播界人士即在這殘餘的基礎上，重新做起，滋長繁榮，始有今日。廣播年鑑《各臺概況表》內有「成立日期」一欄，可以看出廣播事業重建再造的軌跡：

㈠此一重建工作，在民國卅八年即已開始。那一段年月，堪稱是「風雨飄搖，局勢黯淡」的日子，而廣播界人士堅定勇毅，不餒不撓，早為源遠流長之計。

㈡各廣播機構不但一再擴充電力，增加廣播部分，且紛紛在各地增建分臺及轉播站，使發射機遍布各地，甚至及於崇山峻嶺之上。本省的地形雖甚複雜，但收音的死角則大部分已被消滅。

㈢公民營電臺齊頭並進。到了後期，民營電臺的設立更見蓬勃。

㈣專業性的電臺紛紛設立，許多電臺有預擬的主要對象，節目內容有所偏重。專供教學用的電臺亦相繼出現。

㈤五十一年起，我國進入電視時代。五十七年起，我國始設調頻（FM）電臺。前者使廣播的功能聲色兼具，有更強的感染力，後者使廣播的作業更為細密，所提供的節目成為高水準的、純欣賞的東西。至此，雖大陸的舊創未復，但今日的成績已有過於昔日。

二

各電臺對國內的節目，由少到多，由簡到繁，由守常到創新，可述者甚多。先說由少到多。各臺節目增加的情形，目前還沒有全面統計資料可憑，不過，電臺數量的增加當然造成節目數量的增加。重建以來，我們的電臺幾乎增加了七倍（轉播臺站尚未計入）。同時，各電臺的總臺，無不擴充第二廣播部分甚至第三部分，延長播音時間，現在已有四家電臺實行通宵二十四時連續播音。據估計，全國電臺的播音總時數，比重建初期增加了十三倍。播音時間的增加，當然也意味著節目的增加（儘管其中有些時間被用於節目的重播或轉播），此處雖不能舉出精確的數字，但電臺供應精神食糧的生產力逐年增加，而且增加了很多，決不違背經驗及事實。

節目的數量增加時，種類也隨之增多，不但節目分類益細，每一個節目並在可能範圍內儘量延伸它的觸角，以求充類至盡。舉例來說，本來只有英語與國語教學節目，其後陸續增加了家事、史地、三民主義、經濟學及法語、德語、西班牙語各項教學。本來只在節目中附帶允許聽眾「點唱」，後來發展成為平劇選播、流行歌曲選播、古典音樂選播等獨立的大型節目。本來只在有特殊理由時為某些聽眾播放「生日快樂」，其後發展為定期的、大堆頭的、現場隆重舉行的慶生晚會。這就是節目的由簡到繁。

不僅內容，在節目的形式上，也變化不拘，格局層出。約言之，在民四十三到五十三年間，為廣播節目最講究表達方式的時代，例如，新聞節目在原有的「單聲播報」以外，大量採用雙聲播報、特寫、錄音訪問、實況轉播、電話訪問、甚至屢次使用越洋無線電話訪問。談話，在原有的單人講述之外，大量採用對話，由二人對話進展為三人對話，由和諧的對話進展到藏有衝突的對話。電視臺成立後，由於它在聽覺效果之外更有視覺效果，表達方式可以有更多的變化，節目形式的奇巧繁複，又有了一個新的紀元。

上述種種，已處處可見創新的精神，但廣播節目之革故變新，新人耳目，並對社會發生空前的影響，可另提幾件事為例：

(一)廣播劇。

在廣播節目中播演話劇，濫觴甚早，但未被當做一個獨立的藝術形式看待。民四十年起，全國聯播節目中之廣播劇開始加強，使之能充分發揮廣播的性能，劇作家多人悉力以赴，主辦全國聯播的中廣公司，提出下列七點基本理論：

1. 劇場不受空間限制，空中、海面、天南、地北、無所不往，無所不在。
2. 分幕自由，長短精疏、揮灑自如。並可利用報幕員，省掉介紹性的對白。
3. 劇情及對話皆以簡單明朗為主，使單憑聽覺可以兼顧。

4.主要的角色以五人為限，角色之間彼此說話的聲音要易於分辨。

5.善用音樂及聲效，以加強氣氛、引發聽眾的想像。

6.手法及聲音表情可加以誇張，並在一開場時即設法吸住聽眾。

7.除長劇外，發展十分鐘左右的短劇。

當時劇運蹇滯，舞臺劇和國產影片甚難一見，另一方面，廣播事業則迅速發展，收音機數量激增，以對話為主要手段來反映人生的這種藝術，遂在空中無形的劇場內得到新的天地。下面幾行簡要的記載，可說明廣播劇如何取得獨立的地位而為大眾所重視：

民四十年，中華文藝獎金委員會授獎項目列入「廣播劇」。

民四十二年，教育部決定每年一度長期徵求廣播劇本。

民四十四年，青年寫作協會調查「最受歡迎的文藝作品」，廣播劇「熱血忠魂一江山」入選。

民四十四年，臺北市記者公會將「新聞獎」中的「廣播獎」授予中廣廣播劇團。

民五十三年，政大新聞系調查結果，廣播劇在各節目中擁有最多的聽眾，未成年人占百分之九二，成年人占百分之九十。

民五十四年，廣播劇獲得行政院新聞局主辦的第一屆金鐘獎。

民五十四年，國軍文藝大會成立，設廣播劇獎，其後歷年有劇作家多人得獎。

民五十五年，中山文藝獎金委員會設「廣播劇」獎。

在上述期間，廣播劇在全省各電臺次第製作播用，又衍生出短劇、兒童劇、小小廣播劇。各大專院校紛紛成立廣播劇團，新聞系及戲劇系設有關廣播劇的課程。廣播劇成為獨立的形式，成為廣大聽眾所喜愛的方式，它是欣賞的對象也是研究的對象。它充分發揮了廣播的功能，附帶改進了「廣播小說」播出的方式，也為日後的電視劇奠定了基礎。

㈡綜合節目（明星制節目）。

所謂「綜合」，指在一段較長的廣播時間內（例如說，一個小時），區分為許多小單元（例如說，每五分鐘一個單元），每一單元包含一項內容，舊日沿用的分類方法不能把這些單元歸納成一類。所謂「明星制」，是指主持節目的播音員以其個人的聲望、氣質、個性來吸引聽眾，電臺為每一位主持節目的人配置「幕後人員」以製造主持人的聲望，作法一如影劇界之培植明星再以明星號召觀眾。在此以前，「播音者只是一個機械的轉述者，或者是接受指定稿件的誦讀人，猶如會議中的司儀或文件宣讀者，本身並無獨立存在的價值，無由充分表現其個性與才華，從業者固不自貴重，經理者亦不過以眾人待之。」但，「傳播機構的吸引力，必須通過日積月累所建立的個人的氣質才華在社會中所發生的影響。沒有人會對某一影院或對某一製片發生狂熱，只是對他們所推薦的演員發生狂熱……。因此，成功的傳播機構無不孜孜搜求培養各種各類直接表達的人才，使之成為事業的主體。」（邱楠先生語）根據此一理論，中廣在四十六年十月，首先一口氣推出十個「綜合節目」，全省電臺繼之，廣播節目的影響力迅速升至前所未有的高。以後又經過長期的努力與不斷的改進充實，許多節目的主持人次第成為社會知名之士，朝野共知，遇有公益事務，各方皆挽請登高一呼。比之當年在南京，記者公會反覆討論廣播記者是否有資格入會的情事，真是相去何啻霄壤。

與廣播明星共同興起而又相得益彰的是「晚會」，這種晚會現場舉行，聽眾憑券入席，同時將實況轉播給外地聽眾收聽。晚會以娛樂為主，例須由聲譽卓著的娛樂界演藝界人才參加主持，使近悅遠來。廣播電臺既本身擁有明星多人，正好因利乘便，使多一用武之地，電臺也可藉此培植明星聲望，推廣與社會的公共關係，兼以實況轉播來使日常節目更豐富。若干年來，這種晚會多次在前線軍前舉行，慰勞官兵，激勵士氣，也多次為救災捐款而售票公演，更曾應廠商之請，不斷環島演出，所到之處，在當地最大的戲院內場場客滿。電視出現後，儘管電視公司迄未加意「製造」明星，電視明星已自然形成，在各種晚會中皆具有很高的聲勢。

三

廣播電臺發射的電波，不受時間空間限制，此響彼應，天涯比鄰，這種性能正適合播送新聞。電晶體收音機問世後，因為它體積小巧，便於隨身攜帶，無時無地不可收聽，正好用以收聽新聞。各臺延長播音時間，有些電臺已實行廿四小時連續播音，能使聽眾對一件連續發展中的新聞，保持密切的接觸，也使電臺對任何時間發生的新聞都有辦法立即播出。電視興起後，對新聞事件能播出有關圖片及實景，使秀才不出門、能「見」天下事。以上各項因素，使國人逐漸依賴收音機及電視機來供給新聞。

廣播新聞節目供給最多的新聞。此項新聞量迄未見有全面的統計數字，據中廣公司資料，該公司每天播出新聞二九六次，計五十九萬字（包括各廣播部分及各地屬臺），照比例推算，全國電臺所能供應的新聞量，當超過報刊多倍。

新聞節目供給最純正的新聞。在自由中國，曾發生新聞的清潔問題，此問題源於報刊之間的生存競爭。廣播電臺雖創業維艱，長時間從事擴展業務、吸引聽眾的競賽，但新聞節目一直經得起用道德的尺度及法律的尺度來衡量。

新聞節目供給最快的新聞，在重建初期，電臺新聞來源常依賴剪報，廣播新聞往往較報紙為遲。不久，各大廣播機構加強採訪陣容，訂購國內外各大通訊社的新聞稿，大城市內出現多家電臺共同作業的聯合採訪組織，廣播新聞皆較報紙為早。近年來，電臺新聞往往較各通訊社尤早，例如中華航空公司C47型客機在臺東墜機失事一案，即是一位廣播記者的「獨條」消息，各新聞同業據以追蹤。電臺為了「搶」新聞，不但常斥巨資（例如出國作專題採訪），採訪人員亦屢屢冒生命危險（例如金門炮戰期間在敵火下搶灘採訪）。

新聞節目的形式，除錄音訪問、實況轉播及使用越洋電話外，尚有綜合性的大型節目，及各地屬臺與總臺間「互播」等。

新聞性的評論節目亦十分出色，甚足以表現言論自由的精神。歷史較久的評論節目有正聲的「你說對不對」、「新聞座談會」，五民營臺聯合製作的「異口同聲」，警察臺的「就事論事」。曾虛白先生在中廣親自播講廣播評論，從民國四十年開始，維持至今。此外散見於各綜合節目及新聞特寫中的短評，及具有評論性質的訪問，不可勝記。評論節目提供新聞的分析、解釋及觀點，作用極大。電視中的「新聞評論」，恍如與專家名流當面晤談，且可使用圖表輔助，歷史雖短，聲勢則甚壯。

另一有新聞性的節目為體育場上的實況轉播。凡重要的運動會及重要的球賽，常有一家以上的電臺在場轉播，轟動竟夕，是一個老少咸宜、雅俗共賞的「熱門」節目。運動場的看臺上，甚多觀眾一面看球，一面還要手持電晶體收音機貼耳兼聽。

四

音樂在廣播節目中占重要地位，有人認為音樂之於電臺，猶血液之於人體。以節目時間而論，音樂（廣義的）約占四分之三到五分之四。似沒有另外一種工具，一種機構，能供給如此豐盛的音樂。音樂在如此廣大的園地中盤據及生長的情形，迄未見專家提供完整的資料。在過去漫長的時間內，廣播專家與音樂專家之間，乃至廣播專家與廣播專家之間，對音樂節目的製作曾發生若干爭論，大致有：

流行與古典之爭

陽剛與柔靡之爭

國產與舶來之爭

這些討論，正可以看出廣播對音樂之兼容並蓄，不設門戶城府。每一種音樂，不論是中國的抑外國的，流行的抑古典的，戰鬥的抑消閒的，都在廣播中得到滋生長養的機會。廣播電臺對流行歌曲的淨化及古典音樂的普及亦曾作長時間的努力。若干鄉土音樂的保存，廣播也似乎成了最後的據點。

五

社會安定，民智開啟，人人有追求知識、充實自己的慾望，使教學節目在此時此地成為另一「熱門」。教育當局對「空中學制」的構想從事實驗，專供教學用的廣播電臺和電視臺相繼設立。千千萬萬的人不為文憑，甚至不務實用，以自修求「日知所亡」為尚。這種情況，亦為往代所未有。

由政府推動的空中教學工作，早在十幾年前開始。先是，教育廳委託中廣播出高初中課程，其後，教育部委託中廣開闢大學科目，中廣為此增設第三廣播部分。四十九年，教育廣播電臺成立，專業製作大、中、小學及社教課程。五十一年，教育電視臺成立，除一般教學節目外，並與政大合作，試辦在學校內電視教學。五十五年，教育部指定高級商職一所，試辦廣播實驗學校，招收失學的青年及成年人，以空中教學來完成高級商職的全部課程。逐步進展，收效良好。

除了政府正式辦理空中教學以外，各臺都自動闢有教學時間，農民電臺雖屬民營但始終以推廣農業教育為主。電視臺對若干純賴視覺的教學節目如繪畫等，有獨到的貢獻。在全面的統計資料未出現前，我們暫以教育廣播電臺一臺的情形為例，以見其餘。過去一年來，該臺所播教學科目，包括有高中和初級中學的國文、英文、公民、歷史、地理。這些節目，經常保持每天播出三小時，係由省教育廳與該臺合辦，全年播出，除星期日外，大約一千小時左右，每一科目均以卅分鐘為單位。

大學科目方面則有國父思想、國文、中華通史、經濟學、世界通史、政治學、近代史等：係由教育部所主辦，每週各播出二次，每次亦為卅分鐘，另科學講座每週一次卅分鐘，全年約計總共播出三百五十多小時。

語文教學方面有法語、德語、西班牙語等，每週播出九小時，全年計播出四百小時。

教學廣播除以上之外，該臺為輔導學校教學，並闢有高初中代數、物理等科目。其次均為播出教育部實驗高商廣播職校的一、二、三年三個學級的全部課程內容，包括有：國文、數學、英文、商業概論、簿記、公民、音樂、軍訓、體育、經濟地理、會計、經濟學、貨幣銀行、銀行會計、商業算術、幾何、三角、代數等十八科。實驗廣播學校的課程，每一學級每天係播出兩小時，每科廿分鐘，一年共播出二千一百多小時。

該臺目前的收聽對象，包括軍公學教農商各界，除廣播實驗學校為特定對象之外，一般聽眾，軍人占百分之卅二，公務員占百分之廿八，學生占百分之十六，教員占百分之十，商、農、家庭主婦、自由職業等，也有相當的人數。以上所述，學生人數比率，係指除在學校收聽之外，一般在家中所自行收聽者，比率所得根據，為聽眾抽樣調查。

該臺播音每天第一廣播部分為八小時，第二廣播部分為十一小時又卅分。

教育電臺的教學節目師資，均係由教育部與教育廳，就臺北地區優秀大中學校教師中遴聘，實驗廣播學校經常有十七位教師逐日在該臺利用無線電執教，其他科目有二十六人，也經常在排定的錄音時間中，在該臺錄音播出，按進度施教。

六

對內廣播的另一個重要項目為軍中廣播。遠在民國三十一年、當我國抗戰正進入最艱苦的階段，國民政府和軍事委員會都以陪都重慶作為戰時的司令臺，遵奉當時　蔣委員長「三分軍事，七分政治」的偉大昭示，並適應軍事需要及贏取民族戰爭勝利的要求，為加強鼓舞士氣振奮民心，展開軍民精神總動員，對敵進行攻勢性的心理作戰，於是，在軍事委員會政治部的策劃和籌建下成立了「軍中播音總隊」。這就是軍中廣播事業的開端，屈指算來，迄今已有二十八年的歷史。

軍中廣播事業，緊隨著國民革命的進程，有它的時代背景，也有其歷史任務。從抗戰到戡亂，以至目前的反共復國，不僅經得起戰鬥的考驗、在對敵鬥爭勝負的關鍵上，更擔任著一個極其重要的角色。

在這反攻復國的基地上，為配合國家整軍建軍的需要，以及適應臺灣特殊的地理形勢在臺北軍中廣播電臺之外，陸續在高雄、臺中、花蓮、左營、澎湖、金門、馬祖建立各地軍中電臺，並在金門最前線建立四座喊話站。最值得稱道的是「八二三」砲戰之役，軍中電臺不僅沒有一刻停止播音，即四個最前哨的喊話站，播音員也在共匪密集的砲火轟擊之下、更勇敢的進行播音喊話任務。這種冒險犯難勇敢的攻擊精神，給前線官兵極大的鼓舞，對敵人給予極大的威脅， 總統曾親臨金門電臺與喊話站視察，賜予慰勉。民國四十九年，國防部成立心戰總隊，金門、馬祖電臺及喊話站遂正式移交心戰總隊，專責對匪心戰廣播。

在全國公營、軍營、民營的電臺陣容中，軍營電臺不只在「量」的方面具有潛力、在廣播內容「質」的方面，尤有特色：

㈠把握政策主題正確　所有節目的設計與編寫，在思想觀念方面，一定符合當前政策。除進行一般性的新聞、教學、服務、娛樂節目之外，並負有積極宣導的責任，一面表揚軍中好人好事模範英雄人物，一面寓教於樂播出文娛節目，務求發揮教育功能而裨益於軍中及社會的心理建設。

㈡符合新文藝路線　自國軍新文藝運動推行以來，軍中各電臺即一致響應，通過藝術的表達，將主題意識新穎活潑的化入節目之內，從而發揚民族性、革命性、倫理性之戰鬥文藝，批判一切可能導致人們墮落的黃色、灰色、黑色文藝素材。

㈢選播純正的音樂歌曲　基於維護聽眾心理健康的原則，在選播樂曲時，愼重選擇詞曲，力求以富有蓬勃朝氣之樂曲，不取足以腐蝕人心的靡靡之音。

㈣節目革新日求精進　軍中各電臺，通過觀摩、監聽、研究檢討、促進節目的創新，保持風格，一面適應聽眾要求，同時也轉移聽眾興趣，提高節目水準。

七

宏揚固有道德，提倡中華文化，提高國民知識，以實現三民主義的理想社會，本來就是大眾傳播工作者的職志，廣播電視的從業員，一向也都是本著這個宗旨，在那裡默默的耕耘。復興中華文化運動推行以來，各廣播電臺以及電視臺，在節目的編排上，更加銳意經營。

據統計：從五十二年到五十六年，在這五年以內，全國各廣播電視臺，在所有播出的節目當中，有關復興文化的時間，平均是每天二一四小時又五十三分鐘，大約占節目總時間的百分之二十六。到民國五十七年，增加為平均每天四一九小時又十九分鐘，大約占總時間的百分之二十八・六，提高了百分之二・六，而且正在繼續提高之中。

這一類節目究竟有多少聽眾，雖然到目前為止還沒有作過統一性的普遍調查，從各臺單獨舉行的測驗，以及聽眾、觀眾的反應意見中，也可以顯示出，由於廣播電視事業的發達，使我們廣大的聽眾觀眾，逐漸更能接受高水準的文化節目。人數的增加概數是百分之九．六，他們所喜愛的節目，已不再是靡靡之音，而是具有民族意識的傳統音樂，和最新知識的獲得。

當前各臺所播出的文化復興節目，就其性質來說，可以分為兩大類：一種是主題明顯的，甚至單單從節目名稱上就可以看出它的內容。一種是把復興文化的基本精神，暗藏於娛樂性的節目當中，前者有直接注入之功，而後者則容易收到潛移默化之效，兩者對整個工作的推展，均有顯著成效。

就播出的時間配置來說：占比例最高的是評論和專訪，其次是廣播劇和座談等。當然，各臺隨時插進去的新聞報導和插播，在復興文化運動中也發揮了不少功能。電視公司的電視劇和電視影片，對於　總統指示的日常生活規範按照順序作了有系統的闡揚。中廣公司製作國民教育廣播短劇一四〇個，並以一部分錄製唱片。警察電臺將已播出之短劇五十篇刊發單行本《做好一個中國人》，分送有關機關學校參考演播。這一工作，方興未艾。這項重大的工作是經常的、永恆的，也是無止境的。

八

廣播是宣傳的工具，是教育的工具。若說它也是服務的工具，一向認為它是為千萬人服務，為國家社會服務。但近幾十年來，「服務」的觀念向更具體處發揮，服務的項目甚為瑣細。例如：

㈠提醒早起上班的人不要誤了交通車
㈡如果氣象預報說中午有雨，提醒早上出門的人不要忘了帶傘
㈢提醒營業車的司機勿開快車
㈣提醒夏夜乘涼的人在睡前要小心門戶
㈤提醒夜晚聽收音機的人將音量捻小
㈥提醒假日出遊的母親們帶好自己的孩子，如果孩子走失，代她廣播招尋
㈦代一個已訂好機票的留學生招尋他突然遺失了的證件
㈧公開勸導一個離家出走的女學生回家
㈨為一個在廿五年前離華的日本人，找尋他的中國恩人
㈩為一個大病初愈的少年，宣讀對母親表示萬分感激的信

諸如此類。電臺對服務的重視，可由下面這件事略窺端倪：在重建初期，每值颱風過境，電臺人員往往提前下班，但後來則在颱風之夜通宵播音，通知各校次日停課，並取消休假，出動採訪災情。對聽眾來說，近十幾年來一個重要的事實是：他在收音機發現了「我」，他和他同樣尋常的百姓，都可能成為廣播中的人物。電臺在一定的條件上對聽眾「個人」的重視，甚足以發揚人情味，也加強了聽眾對電臺向心力。警察廣播電臺且以此為該臺特色之一。

九

廣告為工商業發達及自由經濟的產物。光復前，「臺灣放送協會」不做商業廣告。光復後，一般廠商及聽眾對廣播廣告感到陌生和不信任，經各民營電臺多方努力，使廠商看見廣播廣告的具體功效，風氣漸開。這是第一階段。

由於廣告得來非易，電臺相當尊重廠商的意見。多數廠商對宣傳心理鮮有所知，對廣播的性能亦不甚了了，他們所做出來的廣告，或照他們的意見所做出來的廣告，缺點很多，主管官署曾指為「誇大失實，趣味低級，冗長重複，聲音噪耳」。聽眾厭惡，視為侵權。電臺一方面設法說服商人，使他們改變對廣告的觀念，了解聽眾，信任專家；一方面婉言說服聽眾，使他們承認「現代生活」中必定有廣告，使他們承認廣告之中也有常識、也有新聞。到四十八年，民營電臺基礎鞏固，信譽良好，產生了改革廣告的自信心，遂由民營廣播公司提出1.插播廣告精簡文句的原則；2.定時廣告計時輪轉的原則；3.使廣告成為可聽的廣播節目等諸原則，各同業早具同感，各廠商亦鮮有異詞。這是第二階段。

廣告經逐步改進後，營業額不但未減，反而上升。工商業的繁榮帶來廣播廣告的繁榮，廣播廣告的繁榮帶來傳播公司的繁榮及廣告節目製作的專業化。目前，廣播廣告已皆由專業機構承辦。這是第三階段。

十

多年以來，國內廣播事業能有長足的進步，得力於許多因素，舉其要端有三，

第一是政府的輔導：

㈠確定政策　我國廣播政策為公民營電臺並重，相輔相成，齊頭並進，各顯所長。此一政策，奠定了廣播繁榮的基石。

㈡制訂有關法規　主管機構根據法規，分配周率，測試機件，檢查設備，使先驅時代「集中一地，相互干擾」，「波幅震蕩，元音失真」的弊象不再發生。在節目方面，主管機構制訂節目規範，並設置金鐘獎以獎勵優良節目，此獎「對節目水準的提高發生了刺激的作用，對節目製作的路線發生了導向的作用，各電臺內部因參加此項競賽而加強了合作的精神。此獎亦象徵政府對廣播的重視，頗能振奮廣播從業人員的精神」。

㈢舉辦活動　為倡導進修研究的風氣，文化局於五十七年六月舉辦廣播節目研討會，為期一週，除專題報告、座談會、學術演講外，並有康樂活動。各廣播電臺節目部門的負責人有四十四人參加。此外又與廣播事業協會合作辦理抽樣調查，調查結果在廣播年鑑內發表。

如將輔導的行為上溯至重建初期，尚有主管機構徵收「收聽費」及「收音機執照費」用以補助

各電臺等政績。這些輔導工作，都成為廣播事業生長中的春風。

第二是社會的進步：

廣播事業的進步是整個社會進步的一例。由於工業技術的水準提高，廣播工程作業的水準才提高。由於教育程度普遍提高，聽眾始能接受高水準的節目，電臺始易羅致高水準的人才。由於經濟繁榮，國民的購買力提高，始可以買更多更好的收音機，始可以買電視機；工商業始可大量購買廣告時間，支持電臺的發展。拜受民主制度與自由思想之賜，廠商與廠商間自由競爭，始需要在廣播和電視中做大量的廣告；電臺與電臺間並行不悖，始成立林林總總的公民營電臺。在民主自由的旗幟下，電臺承認消閒活動是一種正當的行為，承認聽眾觀眾在伸手開鈕時是為了討自己喜歡而非討別人喜歡，承認播音員在聽眾之前不是天降大任的師保而是一個親切誠懇的朋友，承認聽眾「應該聽」和「愛聽」是兩回事，並不無條件相等。這些觀念，使娛樂節目發達，使節目形式活潑變化，迫使注入式的說教成為陳跡，形成了廣播節目的全部變革。

第三是業者自強不息的精神：

民營電臺平地起樓臺，創業維艱，公營電臺在有限的條件下為巧婦，發展亦不易。但謀事在人，得人者昌，從業人員無分上下，處處發揮克難戰鬥的精神，不放棄自己的理想。工程人員在崇山峻嶺架線設站，忍人之所不能忍，軍中播音人員在前線匪砲密集的盲射下照常工作，晝夜不輟，為人之所不能為。此外大家在公餘之暇研究、進修，也成為一時的風氣。

綜合討論

傳播工具的性能對語文結構的影響

在大眾傳播事業發達以前，早已有過這樣的事實：語文結構受傳播方式的密切影響。「面告」的語文結構與「函達」的語文結構大異，即使兩者的內容完全相同。詞曲為了可歌，須保持音樂性的韻律；劇曲為了上演，須顧慮到由舞臺帶來的各項問題。很多專家相信，古代那些有韻的文字，是為了便於口傳，而那些極為艱澀簡略的文字，只是為了刻竹簡的人少費一些功夫。在極長的一段時間內，語文傳播的主要方式是印刷成書供人閱讀，於是，語文結構遂以適應「讀書」為主。「坐擁書城」而實際上為書所包圍了的作家們，大多數忘記了這種結構式凝成的經過。直到報紙、廣播，電視，這些新的傳播工具來了，才被提醒。

為了適應及發揮報紙的性能，新聞寫作有所謂「正寶塔式」的格式，有「每千字分布一個高潮」的連載小說，以及評論文字「方塊化」等等現象，本文不詳加論列。這新工具加給中國文人的撞擊雖然有力，但文人們的適應很快，中國報業發軔之初，「舊式文人」中立即產生了有名的記者、主筆，乃至連載小說作家。但是，廣播和電視興起，它要求傳統的寫作方式作更大的變革，推翻了或修正了舊文學的若干金科玉律，傳統下的作家適應困難，表現了抵抗和不耐煩，必須經過更多的說服，更嚴格的自我訓練，始能成為優異的廣播電視作家。這其間，最困難的就是接受「語文結構隨傳播工具的特性而調整」這個觀念。

報紙、廣播、電視三者相較，報紙使用語文的方法去「傳統」未遠，電視中不能有大規模結構的語文，二者「問題」都比較單純。在廣播中，語文媒介的使用既多且泛，需要量特大，可是，它只訴諸聽覺，完全脫離了視覺，留給語文工作者的是一道窄門。世上沒有能穿過針眼的駱駝，廣播工作者不能不研究有效的途徑。據說，「針眼」原是古以色列的一道石門，駱駝進入之前必須跪下來，等人將背上的貨物卸下，減少體積，以利通過。「語文」在廣播機件之前也有同樣的遭際。從技術觀點說，文章不是為「寸心」而作，不是為知己而作，不是為文、武、周公而作，文章是為傳播工具而作，為有效的使用那工具而作。我們不能違反那工具的性能，要一種工具做它所不能做到的事。在報紙之後，電視之前，廣播事業喚起了這覺醒。就已有的成績看，廣播對語文結構的影響最大，所引起的變革最多。

廣播所傳送的「東西」，可分成語文結構與音響結構兩部分。音響一詞，在這裡包括音樂，不說音樂而說音響，一如不說文學而說語文，是將有關「內容」的部分抽離。僅考察具有形式的部分。這是純為研究方便而作。「語文結構」和「音響結構」兩詞之成立，有賴參加討論者承認一條虛擬的分界線，否則，「語文」越界，可以併吞音響（因為音樂和效果也都在指事、表情或達意）。「音響」

越界，可以淹沒語文（因為廣播中沒有圖象，每一個字只是一個音符）。在廣播中，雖然還不能說語文等於音響，但語文結構確已音響化，惟有如此，那語文製品才適合用這一工具傳播，才充分發揮這個工具的效能。

「語文結構音響化」首重字音。一反要求「字形正確」的傳統訓練，廣播作家在執筆時以「音」為第一考慮。廣播用的文章，寫成後只給中介性的人物（播音人員）看，真正需要傳達的對象（聽眾）看不見字形，只聽音知義，字音的重要性乃超過字形。「黏輕輕的，多繳幾個南彭有」，字大半錯誤，但聽起來仍然知道是「年輕輕的，多交幾個男朋友」。幾乎，廣播作家應該假定他是在作曲，他選字造句是在排列聲音，他要排列得響亮、動聽，不發生誤解，並且能以字音擴展字義，產生默讀所趕不上的表現力。鍊字時的斟酌取捨，下面是幾項重要的守則：

一、同音字的問題。國字一字一音，字多而單音較少，以致有許多字的讀音相同。同音字至少帶來兩個麻煩：一為混淆不清，輒生誤解，舉例如「視事、逝世」，「農胞、膿包」，「畫眉、話梅」，「油桶、郵筒」，「意志一致不能抑制」。另一個麻煩是，倘文句內有同音字密集，縱然意思聽得清楚，也不悅耳。舉例如「理行李」，「公共工程局」，「胡適的詩不合適」，「萬一晚上晚了就完了」。語文結構音響化時，必須妥當的處理同音字。

二、雙聲字和疊韻字的問題。這問題也分兩部分：一為容易弄錯，舉例如「甜」豆漿易誤為「鹹」豆漿，「零」易誤為「六」，「二」易誤為「七」，「被」我們打敗了易誤為「把」我們打敗了。另一麻煩是不順口、不悅耳，如「一齊往西擠」，「粉皮牆上畫著粉紅鳳」，「中興新村」，「土庫」，「出租汽車」都是很彆扭的名詞。語文結構音響化時，必須妥當的處理雙聲字及疊韻字。

三、「啞」與「響」的問題。語文結構音響化時，應儘量使用聲音響亮的字，只要上下文許可，用「屢次」不如用「常常」，用「痕跡」不如「記號、模樣」，「猶豫」不如「徬徨」，「沒關係」不如「不相干」。廣播中虛構人物的姓氏，往往姓王，張，林，劉。有些常用語只要稍稍顛倒一下，就比原來的說法響亮，如「來來去去」之於「去去來來」，「牢騷滿腹」之於「滿肚子牢騷」等。

語言有「選響去啞」的自然傾向。「今天」比「今日」響亮，「直到今天」比「以迄今日」響亮。像「搞」和「耗子」這種地方性的語彙，一有機會即被各地方的人吸收採用，是沾了聲音響亮的光。語言的這一特點，自然是廣播作家不能忽視的。

四、單音與複音的問題。紙上的單字往往變為口中的複詞。語言自然而然的造出一些響亮順口的複音詞來代替原來的單字。複音詞的形成，或由於重疊（媽媽、哥哥），或加語尾（石頭、窗子），或加形容詞（大雁、小燕、蒼蠅），或加解釋（螢火蟲），或用意義相似的字合組（行動、清潔）。語言的這種趨向，也是廣播作家不能忽視的。

我們提出複音時，已將討論由字進展到詞。比詞再進一步的討論是「句」，由音響化的角度看，句是「音組」的配置。每一音組，讀時聯在一起，自成一個小節，和下面的字稍稍保持距離。例如「中華民國五十八年」，前四字為一組，後四字為一組，中間略頓，聲音組織是「中華民國——五十八年」，句法為四四。「關納巴拉州——州長，命令——州警察——占領——工人總部」（五二，二三二四）。說話吐音，照例把字音組合成許多小小的單位，組合如有錯誤，聽話的人就弄不清是什麼意思，即使仍然能夠知道那句話的意義，也覺得很不舒服。不妨試試，將「省議會——臨時會——商討——對策」讀成「省議會——臨時會商——討對策」，「不得不——答應」讀成「不得——不答應」，「四川成都——貴州貴陽」讀成「四川——成都貴州——貴陽」。

如以上各例，音的單位也是義的單位，讀來順口，聽者醒豁明白。不過我們不能把「予昔過閩」讀成「予——昔——過——閩」，人天生厭惡這鐵錘敲釘一般單調的聲音，我們只好讀成「予昔——過閩」，使音的單位不再是義的單位，一個「音單位」中包含兩個「義單位」。結果，「予昔」難以倉促聽懂，「過閩」又易誤為「過敏」。廣播作家一定要避免這樣的困難。他們儘量把單字換成複詞。他們的寫法是「我——從前——經過——福州——的時候」，使音、義俱可同時點斷。廣播之力近口語，自屬必然。

音組聯綴而成句。這些文句既然是由一個人念給另一些人聽，自不宜太長。太長，念的人不能自然換氣，聽的人也不容易聽明白。白話文因受歐化的影響，一句中往往有十五個到二十個音組，這種愈拉愈長的趨勢，在廣播機前受到有效的截攔。廣播用的句子一般含有五、六個音組，專家相信，它不該超過十個字，這是人在一呼吸之間所能吐出的長度。為了造短句，不能不用短詞，如，「孫中山先生到了火奴魯魯」可改為「國父到了檀香山」。但是，為了容易聽清楚，廣播又力避簡稱，不能將警察局說成「警局」，不能將刑警大隊說成「刑大」。不能打開此一困境的人，常指責每句不超過十個字的約定無法成立，有些名詞，如「聯合國人權保障委員會」，已經夠十個字了。成熟的廣播作家能拋開那為印刷術而存在的語文結構，另起爐灶，確能用簡潔可愛的短句寫層次分明的文章。此種短句，不是將習見的長句縮短或點斷，乃是根本上先將「意義」分解。例如，「朝著靠近西班牙邊境的山上那藏在濃霧中的他那座離群索居的家屋走去」，應該乾脆寫成「朝著他的家走去」。至於「家」的位置，自然景象，可以寫成另外的句子：「他現在望不見房子，祇看見一團霧。那房子很僻靜，他住在裡面，一向很少跟外面往來」。一切憑聽覺接受的作品，如歌、如謠、如訣、如臺詞、如演說，造句時莫不如此。

長句化短，增加了名詞出現的次數，代名詞的使用，必須審慎。「張三打李四，李四去告狀，他請了個律師」，究竟是誰請了律師呢？論「可能」，兩個人都有。「美國奧斯勒寫的《耶穌傳》，和法國勒拿寫的《耶穌傳》，內容大不相同。前者是用演義的方式寫的，後者是用評傳的方式寫的；前者對宗教抱虔敬的態度，後者對宗教抱懷疑的態度；前者是一個文學家的手筆，後者是……」聽到這裡，恐怕已沒有辦法弄清楚到底是那本書。馬拉松式的長句，由於各短句都包孕在一個主詞之下，關係分明，不易發生這樣的問題。「在冬天，人們可能把碧潭忘了，可是，一到夏天，人們又馬上把碧潭想起來，尤其是會游泳的人。碧潭有遊艇出租，喜歡划船的人也忘不了那個地方。最近，有人配合觀光，在碧潭岸上蓋了一座兒童樂園，有了這座兒童樂園，碧潭吸引遊人的力量更大了」。碧潭二字凡五見，這是使用長句時不會有的。

在廣播中，無論語言或音響，都是隨時間以俱來，隨時間以俱滅，方生方死，事了無痕，它特別要求聽眾當它正在發生時能夠全神貫注。這一要求，對語文結構有很大的影響。前有緒言，後有結論，中間綱舉目張，井井有條，這種並列式的布局甚少有存在的可能。首先，它需要單一的結構。其次，假如可能，最重要的部分應該放在最後；假如可能，開頭的部分要引起聽眾的「期待」；假如可能，開頭之後，結尾之前，中間的「過程」部分，要有層次，逐步深入。這裡一再提出「假如可能」四字，是因為真實的事件並不一定能與我們所需要的結構相合，不可徒具形式而犧牲真實（訴諸想像的創作故事自不在此限）。不過，如果真實的事件中確實含有這種引人入勝的因素（這是常有的事），作者一定要把它找出來。理想的結構式可以用三句話來說明：

先引起聽眾的注意；

使聽眾產生「預期」；

予聽眾以「意外的」滿足。

試舉一例：

「臺灣省教育廳，今天退回了縣政府寄來的一件公文。最近，縣政府行文各中小學校，對學生的課外活動，作了幾項規定。同時也向教育廳行文報備。由於發文的人一時疏忽，弄錯了對象，教育廳所收到的一份，跟各學校所收到的，內容一模一樣，公文的最後一句是：『仰即遵照為要』。教育廳的一位高級官員說：這是不該有的錯誤，不過，他並不主張追究責任，加以處罰」。

這條新聞最重要的一點，是某某縣政府誤以下行文分送其上級機關，這一點到最後才說破，而先以公文被退回引起聽眾的猜忖。日本福崗的美僑失竊，被偷去一萬一千元現鈔。案破，美聯社發布新聞，在末段始說明嫌疑犯乃是正在福崗警察局服務的一個警員。美國之音報導某一小鎮成立救火隊，全部隊員由女性擔任，其中有小姐，有媽媽，還有祖母。——最後始舉出祖母。採用這種寫法的人有時覺得：重要的部分既留在後面，那麼開頭又怎能有吸引力？為了有吸引力，頗有人在新聞的開頭寫下誇張渲染的語句以動人聽聞。那樣做對不對，頗成問題。不過，那已是另一個問題了。

電視由廣播和電影合成，它在語文結構方面，很自然的承受了廣播留給它的遺產。前述在廣播中運用語文的諸項原則，在電視中也同樣適用。不過，電視中除了語文結構外，另有圖象結構。圖象的加入，既已使電視獨立，電視中的語文結構自亦不與廣播盡同。電視中的語文，以「簡約」為其特色，所以然之故，有下列數端：

一、在大多數的情況下，聽話的人可以從螢光幕上看見發話人的口型。口型可以幫助了解，例如「一」與「七」，「零」與「六」極易聽錯，電訊人員不得不讀成「么」與「拐」，「洞」與「漏」，以利區別。但在能清楚望見發話人口型時，這種顧慮即不必要。「一」與「七」，「零」與「六」發音時的口型不同。

二、電視可以使用字幕，這樣，許多話可以不必再重複、解釋，即使那話很濃縮或很陌生。專門術語、第一次出現的人名、比較複雜的數字，在字幕的幫助下，一語帶過即可，不必像廣播「加工」處理。

三、最重要的，當然還是圖象。圖象的出現使電視節目作業分成影部和聲部，有時候，節目以聲部為主，影部為副，如音樂演奏、新聞播報及名人的演說。這種「寧可無影，不可無聲」的情形，曾使在電視壓力下的一些廣播工作者維持自豪。但是，電視節目多半仍以視覺的滿足為主，其例不勝枚舉。既然視覺和聽覺平分秋色，甚或視重於聽，當然就有許多話不必再說，或有些話不必多說；如果一幅畫在螢光幕上出現廿秒鐘，有關這幅畫的一切「話」統限在廿秒內說完，這時也不容多說。凡此種種，都形成了語言的簡約。

簡與繁是文章的兩種風格。昔日的文評家們曾辯論其中一種是否較另一種為優，其實，這不是優劣問題，而是需要的問題。《春秋穀梁傳》：「季孫行父禿，晉郤克眇，衛孫良夫跛，曹公子手僂，同時而聘於齊。齊使禿者御禿者，使眇者御眇者，使跛者御跛者，使僂者御僂者」，末四句甚繁，但是有一種對照的趣味，如果志在描述出這一鬧劇式的情景，即不宜簡為「各以其類逆」。「馬逸，有犬遇蹄而斃」，則確實不如「逸馬殺犬於道」或「奔馬踐死一犬」簡潔可愛，在此例中，求簡的結果並無損失。工業化社會需要簡約的語文，因為大家很匆忙，而電視機上所映現的，正是匆匆的連綿不斷的過眼煙雲。簡約也含有省略的意味。一幅古畫在電視上出現時，你不必再告訴觀眾：「這裡畫著一隻鳥」，觀眾都已看見那隻鳥；你可以說：「這幅畫到現在已經有九百三十一年」，這是觀眾看不見的。如果畫面上有很多鳥，你當然可以說：「這幅百鳥圖，實際上有六十六隻鳥」，因為這是觀眾一時看不清楚而又喜歡知道的事，這話仍不離開簡約的原則。聽廣播的人，聽了十分鐘以後，覺得只得到一點點「東西」，他去看十分鐘電視節目，會認為得到很多。視覺的收穫固是主要的原因，他聽到的話「要言不煩」，也是一個原因。

有時候，廣播中的語文結構因使用「反復」的原則而顯得繁複。「反復」是一切聽覺文字共用的技法，由遠古的民謠到眼前的流行歌曲。《詩・召南・江有汜》全篇三章：「江有汜，之子歸，不我以。不我以，其後也悔。江有渚，之子歸，不我與。不我與，其後也處。江有沱，之子歸，不我過。不我過，其嘯也歌」。第二章是第一章的反復，第三章又是第二章的反復。各章的文句大致相同，僅有三、四字的差別，靠這三、四字完成的意義的增殖。全詩以螺旋形的軌跡向前伸展，研究民謠的人稱此為「反復迴增法」。這種寫法的必要，在通俗的流行歌曲中最容易發現：「忘不了，忘不了，忘不了你的錯，忘不了你的好」，下一段則是「忘不了，忘不了，忘不了你的淚，忘不了你的笑」。八句僅有「忘不了你的錯好淚笑」九個字，各句往返迴折，大同小異，聽時容易明白、容易記住，因此，所有的聽覺文學都受「反復迴增法」的影響。「無惻隱之心，非人也；無善惡之心，非人也；無辭讓之心，非人也；無是非之心，非人也」、「事之以皮幣，不得免焉；事之以犬馬，不得免焉；事之以珠玉，不得免焉」，孟子即好在演說中使用這樣的句法。小仲馬論編劇，曾謂：「告訴觀眾，我將要說這個了；告訴觀眾，我正在說這個了；告訴觀眾，我已經說過這個了」。迫於需要，在廣播中自覺的或不自覺中使用這種結構，確屬事實，雖然使用的情形未曾有全面的研究統計。電視並無這種需要，所以電視語文能夠節約也必須節約。

自來有一種持之以故的論調，認為簡約是文言的事。「求簡」的確是文言文的主要精神之一，但是，電視語文的簡約，必須在白話的領域內完成，不需要從事「白話的文言化」。「一日之計在於晨」是七個字，「早起的鳥有蟲吃」也是七個字。「為期三日之訪問」是七個字，「訪問三天」卻只有四個字。認為白話一定「費話」，有時不免近乎杞憂。白話有其思考路線與結構式，不一定是文言原句的「翻譯」或放大。目前，白話文的簡約風格，有待創造，這是文學作家和新聞記者共同的責任。

無論如何，與廣播相比，電視中的語文結構問題較少，因為電視在原則上不許滔滔不絕的說很多話，它力求語文結構與圖象結構互相化合，並不依賴語言單獨作完善的表達。一個瞎子來「聽」電視，大部分節目是聽不明白的。如何將語文結構與圖象結構合併考慮，並使二者泯然無跡，是電視給作家的新課題。

文藝作品中的「反復」作用與大眾傳播的關係

什麼是「反復」？

在這裡，反復並不是「重複」。使用大眾傳播工具的人，都直接間接的主張過「重複就是宣傳」。重複是把同一內容、同一說詞，在某一階段連續傳播若干遍，使每一個人都有機會接受傳播，使每一個接受傳播的人都耳熟能詳。這是宣傳上常用的一種手段，但是，它並不是「反復」作用。

「反復」是藝術創作的一種手法，它的特點如下：

一、在一件藝術作品之內，主題每隔一小段時間出現一次，隱隱顯顯，浮浮沉沉，連綿不斷，貫串整個作品。它是指某一作品內部組織的狀況。

二、主題在作品內反復出現時，每次出現，都有一些變化，都和上一次不完全相同。換言之，「反復」並不祇是再現舊的，它每次帶來「新」的，不斷的反復也就是不斷的增加，不斷的「累進」。

三、在複雜偉大的作品裡，可以有好幾個主題在「反復」，它們有時輪流出現，此起彼落，有時一齊湧出，迴旋絞纏，形成許多美麗的變化。「重複」容易辦到，但是這樣的「反復」，卻是創作前最需要天才和經驗始能完成的一種設計。

由以上三點說明，可以看出「反復」關係主題的強調、形式的變化和內容的遞增，如此，「反復」的本身差不多就是那作品的主要軀幹，倘若把所有的「反復」刪除，這件作品不但要支離破碎，不成模樣，而且精華盡失，所存無多。「反復」關係之大，可以相見。

例如〈秦風〉裡的〈蒹葭〉：

蒹葭蒼蒼，白露為霜。所謂伊人，在水一方。
溯洄從之，道阻且長，溯游從之，宛在水中央。
蒹葭淒淒，白露未晞。所謂伊人，在水之湄。
溯洄從之，道阻且躋，溯游從之，宛在水中坻。
蒹葭采采，白露未已。所謂伊人，在水之涘。
溯洄從之，道阻且右，溯游從之，宛在水中沚。

第一段道出主題，奠定了全詩的基礎。第二段，是第一段的「反復」，第三段，又是第二段的「反復」，每次反復，都增加新的內容，展開新的層面，對主題作新的肯定與強調，給讀者新的感受。如果找幾首現代民歌（流行歌曲）來分析，例證更為明顯。

「為什麼要反復」？

藝術品的欣賞者，有「反復」的要求。我們站在一幅圖畫或一尊塑像之前，難免要由上看到下，由左看到右，眼光掃過去又掃過來，對其中最突出最精彩的部分，看了又看，如此始能蓄積感情，誘發美感。欣賞活動需要在「反復」中完成，「千里江陵一日還」恐怕只有辜負三峽山水。繪畫、塑雕，是空間性的，在空間性的藝術品之前，「反復」是欣賞者的事。但是另一種藝術品，如音樂，是時間性的，時間性的藝術品，方生方滅，一往不復，逝者如斯，欣賞者根本沒有「反復」的可能，除非由作曲家來故意安排，這樣，「反復」就成了作者的責任。靠他們的匠心，我們欣賞音樂的時候，總可以聽見曲中最重要的旋律、最好聽的旋律，流過去又流回來，流回來又流回去，讓我們聽個飽，聽個清楚，不至於匆匆間失之交臂。

一切時間性的作品，如歌、如曲、如臺詞、如演說，都不能忽略了「反復」的技巧。「反復」至少有下面三大功用：

一、對作品中重要的部分，不斷提示、不斷加強，讓聽眾不會誤解、不會忽略、不會忘記。——否則，聽眾是很容易誤解、忽略或忘記的。

二、使作品中神采的部分，能夠一再傳達給欣賞者，使聽眾有機會沉吟咀嚼，玩索回味，終於得到飽滿的情趣。——否則，聽眾的欣賞欲是無法滿足的。

三、使作品中的各部分能互相呼應。時間性的藝術，隨著時間的流逝而作一小節一小節的展現，當聽眾注意前面時，後面還沒有發生，當他能夠注意後面時，前面業已消失。聽眾的注意力一直跟著時間往前走，不能溫習，不能回顧，不能覆按。他很容易忘記：有了中段，忘記前面；有了結尾，又忘記中間。「反復」技巧的運用，能夠消除這個缺點。「反復」引起回憶、聯想及組合的能力，使聽眾能夠從閃爍熄滅的火花中，發現即是一團美麗的煙火。

下面一段話，雖然因為篇幅較短，對上述「反復」的第三種功能不大看得出來，但一、二兩種效果卻非常顯然：

「這個『小我』不是獨立存在的，是和無量數小我有直接或間接的交互關係的；是和社會的全體和世界的全體都有互為影響的關係的，是和社會、世界的過去和未來都有因果關係的。種種從前的因，種種現在無數的小我和無數他種勢力所造成的因，都成了我這個小我的一部分。我這個小我，加上了種種從前的因，又加上了種種現在的因，傳遞下去，又要造成無數將來的小我。這種種過去的小我，和種種現在的小我，和種種將來無窮的小我，一代傳一代，一滴加一滴，一線相傳，連綿不斷，一水奔流，滔滔不絕，這便是一個大我。小我是會消滅的，大我是永遠不滅的；小我是有死的，大我是永遠不死、永遠不朽的。小我雖然會死，但是每一個小我的一切作為，一切功德罪惡，一切語言行事，無論善惡，無論是非，都永遠留存在那個大我之中。那個大我，便是古往今來一切小我的記功碑、彰善祠、罪狀判決書、孝子賢孫百世不能改的惡諡法。這個大我是永遠不朽的，故一切小我的事業、人格、一舉一動、一言一笑、一個念頭、一場功勞、一樁罪過，也都永遠不朽。這就是社會的不朽，大我的不朽。」（胡適：〈社會的不朽論〉）

這段話旨在說明小我、大我有不可分的關係，大我永在，小我雖死猶生，在「反復」的手法下，這個主題一面往前發展，在發展時又不斷的回顧，而回顧又幫助了發展。在這段文字中，經過十一次的反復提示，讀者對「社會的不朽」之說，當已留下深刻的印象，也在閱讀中有時間進行自己內心的思辨。至於「反復」，使文字稍稍膨脹，作者藉此機會在詞彙、句法、雄辯，多方面所顯示的才情功力，更是「餘事」。

「反復」與大眾傳播的關係

在時間性的藝術品中，「反復」是一項不可缺少的表現手法，而廣播節目和電視節目都屬於時間性，因此，使用大眾傳播工具的作家對「反復」自不陌生。對這些作家而言，「反復」可以分成言辭的、聲效的和圖像的。

一、言辭的反復

言辭的反復已見前例，此處再摘一小段廣播稿，作為佐證：

我們家鄉有句話，說是「有錢難買回頭看」。這是說不論是尋親、訪友、住旅社、坐茶館，你離開那兒的時候，最好回頭看一眼。如果你肯回頭看一眼，往往有意想不到的效果。如果你不肯回頭看，也許你的皮包，你的雨傘，忘記了帶著，等以後想起來再回頭找，可就麻煩了。能在適當的時候回頭看一下，這一看的結果，有錢買不到。這句話的解釋還可以擴大，不僅是坐咖啡館、下火車，臨動身的時候要回頭看，辦完了一件事情，也不妨回頭看一下，一年到了年尾，也不妨回頭看一下，這個回頭看，就是檢討。你這麼回頭一看，也常常有很珍貴的發現，這個發現，更是有錢買不到的（中廣公司「早晨的公園」播稿）。

除了音樂性的節目以外，廣播大體上是「語言的藝術」，或者跟它叫「用語言構成的建築體」。作家原也是一種建築師，語言文字就是他的磚瓦。一個字一個字、一句話一句話加起來，也像一塊磚一塊磚的堆起來一樣，發生了怎樣「架構」才實用、才好看、才堅固、才舒適的問題。「反復」對解決這個問題，有很大的幫助。

二、聲效的反復

廣播訴諸聽覺，而且只能訴諸聽覺，因此，廣播注重音樂。音樂之外的一般節目中，除了語言，兼重聲效。聲效可以表意，可以抒情，能代替語言，補語言之不足，也能為語言所不能。就聽覺而言，有聲效和無聲效，差異往往很大，試比較一下：有人告訴你：「那是一座軍營」，然後寂然無聲；或者有人告訴你：「那是一座軍營」，接著你聽見雄壯嘹亮的號聲，後者的內容是不是更豐富？你僅僅聽見有人喊：「那邊失火了！」或者在一聲「失火了」之後，救火車的警笛大作，後者的表現是不是更有力？汽車接客，停在門外，忽然喇叭聲大作，司機無言，你知道他在催客上車。女兒洗碗，乒乓作聲，母親喊「阿紅，不要打破了碟子呵！」而乒乓之聲更為響亮，阿紅無言，你知道她在生氣。

在用藝術手法製作而成的廣播節目中，聲效的用處千言難盡，但並不是每一種聲效都要反復使用，除非那聲效在節目中居於「主題」的地位；也就是說，除非它在節目中有很大的作用，很重要的意義，或有很高的代表性。廣播作家在思考的時候，他是連著聲音一同思考的，他決定題材，是連著聲音一同決定的。如可能，他所以要寫某一件作品，最早也最強的動機是發現一首山歌，使他發生趣味，或某一位女高音的演唱，給他特殊的感動。他從那聲音得到靈感，靈感與那聲音一同結晶，一同放射，貫滿作品之內，溢乎作品之外。只有這樣的聲效，才非「反復」不可。

下面是幾個例子：

A、有幾個愛好音樂的青年人，聚在一起，經過其中一人的發起，他們每人買了一件樂器，組成樂隊，練習吹奏。練習時所用的第一課教材，是節奏緩慢、音調變化簡單的「魂斷藍橋」。這些人一面練習音樂，一面發生了許多故事。千里搭長棚，沒有不散的筵席，有一天，樂隊決定解散，他們在勞燕分飛之前，合奏最後一曲，這一曲正是「魂斷藍橋」。——利用「魂斷藍橋」的一個例子。

B、一個寡婦，有一個孩子，一幢房子，一點錢。像許多寡婦一樣，她再嫁，把自己的家交給一個新的男主人。這男人來了，帶了一個陰謀，一隻狗。這隻狗，見了那個孩子就咬，嚇得那孩子魂不附體。在那圍牆裡面，常常傳來狗吠聲，每次狗吠，都是對金色童年的一次威脅。犬吠聲中，後父實行他的陰謀，孩子離家逃走，在郊外荒原中失蹤。有一個理由，使後父帶著狗去搜索他，風聲、人聲、狗吠聲，形成恐怖的氣氛。——利用犬吠聲的一個例子。

C、天氣苦旱，人人引領望雨，父老唉聲嘆氣的談雨。有一夜，雨聲大作，劇中人慌忙起床察看，不幸是南柯一夢。他們用種種方法跟旱災奮鬥。在幾乎不能支持的時候，雷雨沛降，萬眾歡呼，家家拿出臉盆水缸來接水，雨點落地的聲音立刻變成雨點打在器皿上的聲音，這是真正的雨，不是夢。——利用雨聲的一個例子。

用完整的作品做例子，可以看得更清楚一些：

臥車上的豔遇

羅蘭

音樂——靜夜

效果——火車行駛聲，汽笛聲。

白：這是由臺北南下的夜車，在靜夜中開過原野，頭等臥車內有一位孫經理，獨自在一個房間裡，坐在臥舖上翻閱雜誌解悶。

——火車行駛聲——

白：穩重沉默的孫經理，四十多歲，儀表不俗，身上一套上等英國花呢的秋季西裝，淺淺的灰色，配上一條紅色起黑點的領帶。西裝左面小口袋裡插著一支派克51型鋼筆和一支價值很貴的原子筆，及一個小型精緻的記事本，腕上戴著一個「勞力士」名錶。他今天心情很好，近些天商場上十分順利，高雄這筆生意也一定有把握成交。

效果：火車停車聲。

白：火車在新竹停了一下，車門響處，進來一位裝束入時、濃妝豔抹的女人。她剛好買到和孫經理同一房間的車票。這個女人不大莊重，舉止略帶輕浮，她向孫經理上下打量了一眼，然後笑說：

女：對不起！打擾你啦！

白：孫經理對她禮貌的點了頭後，然後繼續靜靜的看自己的雜誌。

——火車行駛聲——

白：時間已過了一點鐘了，火車在寂靜的夜色中行駛，各人都不免沉入各人的心事之中。車廂內燈光暗弱，孫經理也不免有點朦朧想睡了。當他快要睡的時候，忽然有一隻手伸過來，握住自己的手。他猛然驚醒。只見那個女人正朝著自己在笑。

女：（不懷好意）嘿！嘿！嚇了您一跳吧！

白：孫經理正待開口責問，只見那個女人一把把自己的開領洋裝的前襟撕開，露出裡面豐滿的胸部。

女：（陰險地）體面的先生，您現在該知道這是怎麼一回事了吧？假如你要你的名譽，就痛快的拿兩萬塊錢出來，假如你捨不得錢呢？——那我可就不客氣，我撕破的衣服，就是你侮辱我的證據。

白：孫經理怔怔的望著她，這對孫經理來說，當然是冤枉。

女：這間臥車裡沒有第三個人，沒有能夠給你證明你的清白。（威脅的）怎麼樣？兩萬塊錢！我看你還是痛快一點吧！

白：假如你是孫經理的話，你怎麼辦？（警察電臺節目：「你怎麼辦？」）

以上為「聲效的反復」所舉的例子，都是故事性的，它們將被作家用戲劇的形式來處理，戲劇的形式複雜，多變化，運用較難，我們從這些例子裡發現聲效反復的可能與必要，然後把同一原則移用於報導性的節目，做起來就輕而易舉了。

有一個養鳥的人，自稱能聽懂鳥語，加上偶然的因素，爆成受人注意的新聞。廣播記者為明瞭真象，特去訪這鳥語專家。他回到電臺，製作節目，報導訪問經過，先寫下一個簡單的綱目，他並不強調反復，而反復已在其中：

開始：鳥鳴聲……………三十秒

開場白……………………一分三十秒

訪問鳥語專家……………三分

（談通曉鳥語的能力從何而來）

鳥語翻譯表演……………三分

訪問鳥語專家……………二分

（問生活及職業情形）

鳥語翻譯表演……………三分

收場語……………………一分

結束：鳥語聲……………三十秒

共計………………………十四分三十秒

三、圖像的反復

圖像的重要性，在電影中即已完全確定。電影雖「視聽兼備」，到底以「能看」為其特長，影片編導先要考慮讓大家「看」什麼，然後才是「聽」。一種「內容」，與其讓觀眾用耳朵得到，不如讓他們用眼睛，除非眼睛對那種內容的獲得，無能為力，例如音樂。

由於圖像第一，所以電影的製作者致力於一切意念的圖像化：把「貧窮」轉化為鶉衣百結、面有菜色，把「富貴」轉化為甲第連雲，僕婢成群。他讓我們看見一個青年站在公園裡的路燈底下看書，看到夜深人靜，落花帶露墜地，這是「勤學」。他讓我們看見屠宰商用唧筒往活牛的肌腱灌水，灌得老牛熱淚滾滾，跪地不起，這是「殘忍」。詩人描寫美女，說她「一笑傾人城，再笑傾人國」，這題材到了製片家手中，就變成海倫如何引起特洛埃之戰，攝製經年，耗資千萬，令觀眾「歷歷在目」。電影絕不能指著周處演說：「這個人很勇敢，曾上山打虎，入水斬蛟」，而沒有打虎斬蛟的畫面。沒有畫面，不成電影。

在這方面，電視真正繼承了電影的衣缽。「一切讓觀眾看見」，是電視工作者流汗奮鬥的一大目標。在各種大眾傳播工具中，電視最後興起，報紙、廣播所能做到，它也能做到；但是，若論傳播文字媒介，它又不及廣播便於收聽。它的「過人之處」，仍在把圖像送入家庭。依「充分發展優點」

的原則，電視遂亦在這方面刻意經營。

圖像的傳播，涉及畫面的構成，鏡頭的連接，攝影機的運動，以及燈光、色彩諸問題，非本文所能詳細討論。這裡只指出一點：螢光幕上，「圖像」像水一樣流過去，近似音樂，其中若干重要的，必須有機會再流回來，也一如音樂，個中理由已見前述。「反復」的技巧，自為電視編導人員所不能忽視。

舉例來說：

A、場景的反復：例如影片「羅馬之戀」，反復的使用那個著名的噴泉。一對情人在噴泉邊相識，在泉水邊談情說愛，分手了，男的在泉邊相思，最後兩人在泉水邊重逢。一部西部片中反復使用一棵大樹，惡人屢次用這棵樹把人吊死，最後罪惡貫滿，他自己也被別人吊死在這棵樹上。

B、道具的反復：「電話勒贖案」反復使用一具電話機。話機何時出現，歹徒的勒索，警察的布署，肉票的危機，家人的焦急，劇情的開展與回顧，觀眾好奇心的滿足與再引起，一齊隨話機湧出，如是連綿延長，如山之有峰，如水之有波。「情鎖」則反復特寫一個鑰匙，誰握有這枚鑰匙，誰即擁有那個女人。鑰匙再三易主，那女人也歷經滄桑，最後那鑰匙被投入海內，女人也有了歸宿。

C、動作的反復：給人物設計某種習慣性的小動作，也能收到反復的效果，在喜劇中，更能製造諧趣。例如「老爺酒店」中的董事長，總是把旅客丟棄的火柴盒拾起來，看看其中有沒有賸餘可用的火柴，總是搶先把旅客給侍役的小費接過去，放進自己的口袋。這固然是要刻畫出一個吝嗇的性格，同時也是在進行「反復」，在反復中使觀眾感到「後之視今，今之視昔」。「約克軍曹」在戰況緊急時總不忘用拇指蘸上唾沫去濕一濕準星尖，也是同樣的設計。

D、情節的反復：電視連續劇「情旅」，演一對青年男女在旅途中結識，男子又因感情上的誤會而遠行，兩人分手後雖分頭發展許多情節，但以前相識的一幕不斷在他們的回憶中再現。電視或電影利用「重疊」或「畫面分割」等方法，可以非常形象化的處理人的回憶或幻覺，收到最好的「反復」效果。「法網恢恢」，描寫一個醫生，因蒙受不白之冤，逃亡在外，設法為自己如何有美滿的家庭，如何牽入謀殺案，自己如何在外查緝真兇，又如何被警察追緝，糢糊的、零亂的自畫面斷斷續續溶出。這是「反復」，也描寫了他受傷之後神志不清。

E、人物的反復：戲劇本來是以有限的人物不斷上場下場，入者復出而出者復入，但是本文所稱「反復」，原有專指，只有經過一定設計的人物，才與這種特定的意義符合。如「凱撒大帝」中的預言家，「包華利夫人」中的盲人。這一類人物，外型或舉止引人注意，但對劇情並沒有什麼重要性，惟其如此，觀眾才會覺得他們「又來了」！才產生「反復」的效果。

四、言辭、聲效、圖像的綜合運用

電影、電視雖然以傳播圖像稱雄，但對言辭和聲效，也不會摒棄不用。因此，在電影或電視中，「反復」常常為三者之綜合。在「羅馬之戀」中，噴泉反復出現時，主題曲也反復出現，這是聲效也在反復；男女主角在泉水邊重逢中，重提他們初見時的談話，這是言辭也在反復。他如電話機出現時，佐以鈴響，劇中人露出習慣性動作時，伴以口頭禪，都是綜合的表現。

下錄「情旅」中的一場戲，可作參考：

S：三	景：吳達中臥室門外之窗下。
時：上午	人：吳達中，蘇瑛。
窗下，陽光燦爛，花架上的幾盆花，俱枯萎而死。	主題曲輕柔。
吳手持一大盃酒，啟門而出，仰觀天色，在窗前小步。	
吳飲酒。	主題曲驟揚，急轉低沉。
吳忽然注意到花已死。將酒盃放，細看，雙手撫弄，狀甚痛惜。	吳：奇怪，這些花，怎麼死了呢？
花架下有水壺，吳取而澆之。	
溶入鮮花盛開時的景象。	
溶出，花仍枯萎。吳喃喃：	吳：這是怎麼搞的？這是怎麼搞的？
蘇瑛至	

蘇雙手撫弄枯萎的花枝

蘇取吳剛才帶出來的一盃酒，傾入花盆。

吳：蘇瑛，我託你的事，你一定沒替我辦到！

蘇：你是說那一件？

吳：這些花！我去前線採訪的時候，你答應每天來澆花。現在，你看！

蘇：這些花，本來開得好好的，可是——現在，好可憐喲！花呵，你為什麼不好好的活下去呢？

吳：誰教你不來澆花！

蘇：我是天天來澆花的。

吳：那怎麼會乾死？

蘇：我看，它不是乾死的，它們是醉死的。

吳：醉死？

蘇：嗯，不錯，醉死！

蘇：我是用你的酒來澆花的。

吳：蘇瑛，你為什麼要這樣做呢？你明明知道我喜歡這些花！

吳以背向蘇。

吳轉身向蘇。

蘇生氣地逕去。

鏡頭定在枯萎的花枝上，疊入吳達中痛飲的畫面。

蘇：我是想，花的主人既然那麼愛喝酒，他又愛他的花，為什麼不讓他的花也過過癮呢！

吳：你不喜歡我喝酒，為什麼拿我的花出氣！

蘇：人像花一樣，是經不起用酒來泡的。你愛惜花，花死了，你難過。你活在世界上，也有人在愛惜你！

吳：蘇瑛，我喜歡喝酒！請你不要再干涉我！

蘇：干涉？好，從今天起，我不再干涉你！讓你和那些花一樣，讓酒給醉死！

主題曲又起。

「反復」的技術問題

「反復」之道，變化不拘，歸納起來，也可以得到一些原則：

一、先在準備加以組織傳播的題材中，找出值得反復、必須反復的主題來。這一部分，意義比其他部分重要，也比其他部分更有可讀性，或可聽性，或可視性。

二、在比較簡短的作品中，供反復用的主題通常只需一個。如果是複雜偉大的作品，則需要好幾個主題作穿梭式的編織。此外，必要安排一些有趣味有意義的細節作為穿插，穿插也可以用反復的手法來處理。

三、供反復用的言辭、聲效或圖像，可以照原樣一再反復，也可以反復一次即在形式上變化一次，或者反復一次即在意義上增殖一次：

A、原樣反復：例如在「春風化雨」中，學生們一再說：「早安，杜芙小姐！」編劇人並且採用這句話做了劇名，此一語句充滿全劇（言辭的反復）。在「海港風雨」中，幾場主戲險象環生，都在風雨交加中進行（聲效的重複）。電視劇「出巢記」，描寫一個逃學的少女時，「少小不努力，老大徒傷悲」等等用毛筆寫成的座右銘，即曾前後出現，互相呼應（圖像的反復）。

B、反復與形式變化：例如在前面舉以為例的〈社會的不朽論〉，文中選用不同的詞彙，來申說同一的意思。在反復提到「大我」的時候，它變換使用下列字樣：無數的小我、種種從前的因、種種過去的小我、種種現在的小我、社會、世界。在反復提到「語言行為」的時候，它變換使用下列字樣：功德罪惡、舉動、言笑、念頭、功勞罪過。在反復提到「不朽」的時候，它變換使用下列字樣：永遠留存、記功碑、彰善祠、判決書、謚法。在反復提到「朽」的時候，它變換使用消滅、死。在提到「因果關係」的時候，它變換使用一線相傳、一水奔流。

這就是一面反復，一面在求形式變化。這種方式在使用聲效時尤其多見，貫串整個作品的主題音樂，照例要經過變奏，至少也要在獨唱合唱、獨奏齊奏方面換換花樣。圖像的求變是顯而易見，「日正當中」的賈利古柏，到中午十二時即有被強徒槍殺的危險，於是，在十一時五十五分左右，導演以九種不同的鐘錶，指出時間的壓力。「雨中怪客」裡的怪客死後，辦案人員搜尋他生前所攜帶的紅色手提包，這個手提包在劇中不但反復為導演所細寫，而且後來出現「雙包」，原物而外另有贋品。「仙人掌花」以一棵仙人掌做成的盆景作為女主角命運的象徵，到後來，它忽然開花。開了花的仙人掌和未開花時不同，判若兩棵。大抵「反復」多半有變化，諸如此類，不勝枚舉。

C、反復與意義增殖：「反復」與重複所以大有區別，一者形式有變化，一者意義有增加。形式變化與意義增加，二者原又有連帶關係，例如前面舉出的「雨中怪客」，手提包由一個變成兩個，形式變了，情節也因此更豐富了。「仙人掌花」中的仙人掌原代表女主角的冷淡樸素孤獨，後來仙人掌開花，則代表女主角在冷淡樸素孤獨之後有了溫柔嫵媚，象徵她封閉已久的內心熱情之開放。前面所舉的〈蒹葭〉一詩，意義隨文字形式的反復變化而迴轉累進，十分明顯。詩歌或演說中，隨處可以看到同樣的例子。

「反復」的技術問題，大致可照以上三個方式解決，我們所舉以為例的作品，大半都是戲劇。這是因為聲效、圖像的反復，在影劇中十分明顯也十分成熟，易於揣摹吸收，只要略有心得，就能夠勝任愉快的應付報導性節目的需要，因為在報導節目中，「反復」是簡單容易得多了！

反復對報紙雜誌文體的影響

如前所述：「反復」的手法，應「時間性藝術」的需要而生。廣播、電視節目是「時間性」的作品，其中有「反復」存在，報紙、雜誌是印刷品，圖文的形跡長久固定，可以看一遍、又一遍，可以挑一段、看一段，原可列入「空間性」一類，其文字向重簡練、含蓄，少許勝多，沒有「反復」的必要。但現代人工作忙碌，生活節奏緊張，打開報紙雜誌後，對其中文字多半是匆匆間略看一遍，沒有回頭再看一遍的可能，也甚少有中途停下來對其中一段沉吟咀嚼的習慣。如此這般，文字也像水一樣在讀者眼底流過，一去不返，居然也變成時間性的了！在這種情勢下，讀者對那些文筆的簡練含蓄之長漠然無覺，反而因此不能把握文章的重點，誤解其中的含義。結果，報紙及雜誌中的文章，也在自覺或不自覺的「反復」起來。

也舉一篇文章作例子：

介紹《安婷姑娘》

請你用你的想像力，想像在你前面有一條河，河上有一座橋。一個男的，一個女的，來到了橋邊。

女的問：這座橋叫什麼名字？

男的說：這座橋叫五人橋。

這一男一女談起來了：真奇怪，為什麼叫五人橋呢？這座橋很寬，橋上可以並排走五個人。還有一個原因：當初計劃造這座橋的時候，就計劃叫五人橋，就死了五個人，要是叫六人橋、七人橋，不是得死六個、七個了嗎？話又說回來：如果不叫什麼人、什麼橋，不是就可以不死人了嗎？

這是一本小說的開頭，這本小說有五百面，相當厚；五十三年一月出版，相當新，內容呢，據我的看法，也相當好，這本小說的名字，叫《安婷姑娘》。

我為什麼把這本小說的開頭提出來呢？我覺得，開頭的這一場戲很好，簡直像電影一樣，一開幕有人、有景、有戲。一開頭，就能把人吸住了。第一場戲吸住你，使你想看第二場，第二場戲又吸住你，使你想看第三場。

書的名字叫安婷姑娘，安婷，這是書裡面的女主角。這本書裡面有五個女角。故事從這五個女角身上展開，這些女角有的有哥哥，有的有丈夫，有的有男朋友、男同學，這些哥哥、丈夫、男朋友、男同學，就是書裡的男角。書裡面的時間，由民國三十二年到三十五年。書裡面的地點，由安徽到臺灣。書裡面的事件，由抗戰、到勝利、到大陸撤守，說不完的酸甜苦辣悲歡離合。故事的主線，指女主角安婷的遭遇。安婷，她本來是一個女學生，抗戰時期，中國分成淪陷地區和政府地區，安婷由淪陷區到政府地區求學，她有一個表哥，她很愛這位表哥。可是這位表哥，心上另外有人。那個人，是一個參謀長的女兒，表哥追這位參謀長的女兒，動機不大純正，他想沾老岳父的光，混個一官半職。這位表哥，熱中名利，看輕愛情，可是，安婷對表哥倒很癡心，一直是一往情深。表哥到後方，她追到後方，表哥到臺灣，她追到臺灣。表哥回了大陸，她也立刻追到大陸。那是民國三十五年，大陸還沒淪陷。其實，這位表哥，並沒有離開臺灣，他在臺灣做了很多壞事，發了瘋，關在瘋人院裡。這些情節，非常豐富，並且有戲劇性。

你也許要問：安婷跟她的幾個女同學，並沒有造橋，也沒有死，她們跟前面那座五人橋有什麼關係呢？我想，舊小說裡不是有所謂「楔子」嗎？前面的這座五人橋，也許就是從「楔子」蛻變來的吧。修一座橋，要死幾個人，那就是表示，中國在建國工作裡面，也要使很多人犧牲，也要使很多人受苦。而安婷跟她的幾個同學，就是受苦的代表。

與大眾傳播的關係

建立節目批評

一

不要怕「節目批評」，也不必討厭它。

論常情，辦節目的人不可能「喜歡」被批評，但，批評之出現，對他並不是一件壞事。

首先，他該了解批評是怎麼出現的，批評是「不在位者對在位者的自然反應」。

假定一個電臺只有五十個節目，但社會上有能力有興趣辦這些節目的，有五百人。經過競爭及選擇的結果，電臺只能聘用五十個人，於是這五十人「在位」，其餘四百五十個人「不在位」，「不在位」的人比「在位」的人多，而且多出若干倍，這是值得注意的第一個現象。

雖說社會對人才的選擇也是「優勝劣敗」，實際上，職位之謀得常有機緣、人事背景及選擇者的錯誤判斷等因素存乎其間，在一個比較落後的社會裡，尤其免不了「黃鐘毀棄」的事發生。在位者雖然是萬中取一，脫穎而出，但不必「智過萬人」，「不在位者」往往比「在位者」尤為優秀，這是第二個可注意的現象。

在傳統中，不在位者有兩條「正當出路」，一是教育，一是批評，在這兩條出路中，不在位者的精力作了「燃燒」式的消耗。可注意的是，這種消耗對「在位者」非常有利。他如果從事教育，那就是為「在位者」培植幹部；如果從事批評，又不啻是做「在位者」的智囊人物。

由於失位者以公開的方式從事批評，而且又處處爭取主動，所以，不像真正的智囊人物能討人喜悅。不過，在位者如果要組織一個真正的智囊團，得花費許多時間、金錢、精力、智慧去物色、維繫、統馭，那是一件很辛苦的事，也不是每一個在位者都能辦到的事。不在位者的批評活動，卻使每一在位者不勞而獲。——只要付出一丁點兒雅量。

試想，批評別人有什麼好處呢？簡直沒有。批評者不啻把自己寶貴的見解「函授」給對方，不但收不到半文稿費，卻往往使對方惱怒，對方隨時可能報復，而且，對方藉你的批評糾正自己的偏失，反而鞏固自己，增強了報復的力量。

所以，批評別人的人是第一等愚人。能容忍批評，能從別人的批評中取其一得，補己之失的人，是第一等智者。

當然，批評有所謂惡意與善意之分，有建設性與破壞性之分。換言之，在位者對批評也有主觀上的要求。

如果批評的每一句話都入耳中聽，都正確恰當，如果批評像一盤又一盤最可口的點心，那自然再好也沒有。可是，天下那有這麼十全十美的事呢？

如前所述，只要有批評出現，不問它以何種方式，就是在位者占了便宜。這已經夠了。「不在位者」發表批評，不可避免的要帶著兩種心理，一是炫耀，一是發洩。

如果沒有炫耀、發洩，恐怕批評也沒有了。但是，有了炫耀、發洩，批評的言辭就不可能每一句都盡如人意。即使在專制時代，策士對謀主，諫臣對君王，話裡頭也連骨頭帶刺都有，聰明的人主不大計較這些。

批評，天然不具有娛樂性，使當事人看了高興的批評，幾乎一定沒有價值。

當然，這並不是說，批評不需要技巧。這也不是說，謾罵和誹謗都是批評的一部分。「誹謗」、「中傷」，應該逐出「批評」的範圍，逢迎阿諛之詞也要一併逐出。

二

凡涉及眾人之事者，皆受「公評」。沒有批評就沒有比較，沒有反省，沒有整理研究，沒有進步。「批評的通路阻塞」，是事業發展的大忌。

在一切受公評的事物中，文藝批評最與節目批評近似。

電視界人士有時稱他們製作出來的電視劇為「第九藝術」，其實目前的電視劇只是「節目」，尚非藝術品。節目批評雖與文藝批評近似，但是對廣播電視節目的批評應自立標準，不能完全使用文藝批評的尺度。「第九藝術」之說招致文藝界人士對電視節目一片非難之聲，事實上他們錯用批評的標準，跡近苛求。

除開「標準」以外，節目批評有許多地方要向文藝批評學習。

在文藝這一行，確有一些「愚公」，以批評為己任，他們的樂趣和目的，就是希望別人（作家和讀者）從他的批評文字中得到益處。而那些得益的人，能校正自己，提高自己，就是對他的唯一報償。

這種人的熱心和恆心，都是第一流的，他也永遠要校正自己，提高自己，使自己不因別人的進步而落伍。他參與了這一行的成就或墮落，光榮或恥辱。但是他始終維持自己的傑出和獨立，他並不是別人（作家或讀者）的扈從，不是創作的副產品。他們不僅是熱心的，同時也是冷靜的、客觀的。他們守住必須的道德信條和技術規則，而這些信條、規則，經過一代又一代累積和改進，已經大體上很完善。他們是藝術家，同時又像是科學家。或者，他們並不能完全做到，那時，他們必須對自己負責。

文藝批評有悠久的歷史，豐富的經典，有被確認的權威性。它和創作、欣賞鼎足而三，成為等邊的三角形，他們的工作成果是人類文化的一處產業，而且永遠不斷在增殖生息。

節目批評的情形是如何呢？那是零星的、散亂的、微弱的，而且往往是態度隨便、認識淺陋、充滿錯誤的，其中攙雜著很多變相的匿名攻訐或免費廣告。

不錯，文藝批評的歷史長久，根基深厚，節目批評趕不上。可是節目批評應該早一點開始打根基，早一點在跑道上起步。

廣播電視節目深入家庭，無遠弗屆，幾乎獨占了人們的休閒時間，幾乎對成人洗腦、為兒童決定終身大事。它是不折不扣的「眾人之事」，不折不扣的該受「公評」。

不論是基於對社會的責任感，或基於對大眾傳播事業的責任感，公評都不可少（當然，這兩種責任感往往合一）。現在，我們迫切需要好的節目，更需要好的節目批評。

由於節目批評能對節目進行整理研究，促使節目的本身反省校正，所以，現在需要好的節目批評，甚於或先於好的節目。

好的節目批評，出自好的節目批評家。

好的批評家，必須具備若干基本知識。這些「不在位者」所應具有的專業知識，與「在位者」同。此外，他還得具有下面的三個條件：

第一，他有熱誠，近乎宗教的熱誠。

如前所說，批評是利他的、燃燒自己的行為，和宗教家的「捨身飼虎」，只是方式不同，程度有別。他為什麼肯這樣做？那無非因為他抱定「誰入地獄」大志，做人家不肯做的事。

他看出節目對文化和道德方面的影響力，壞的節目，不僅使世道人心墮落，也使一國的文化水準向下。他矢志提高本國的文化水準，強化國人的道德觀念，而以批評節目、改善節目為重要的手段。

在這件工作上，他忘了自己的利害。在這件工作上，他不能使自己停止。倘若忘我的熱忱使他胡言亂語，那可不是一件好事。因此，第二個條件，他得會用歷史的方法。所謂歷史的方法，即是如何充分發掘事實真相，搜集足夠的證據，如何保持冷靜的頭腦，作無私的觀察，深入的了解，然後，如何以此為基礎，儘可能建立一個公正的結論。

當前的節目批評之所以受人輕視，即在它多半是興之所至，信手拈來，結論聲色俱厲，而前提充滿錯誤。

你得把事實弄清楚，像當事人一樣清清楚楚，甚至比某一個局內人還要清楚，然後，你的論斷才足以服人。你如果對事實的認定有誤，任何一點錯誤都瞞不了那些局內人，因為他們對事實經過太清楚了！你的錯誤，使他們覺得被汙衊，被歪曲，結果，他們憤怒，結果，批評成了節目與欣賞者之間的牆，而不是橋。

結果，不管動機如何，你的行為先成為社會的一害。

還有第三，好的節目批評，得有文學的手筆。

節目批評不是個人的劄記，不是少數專家案頭的實驗報告，它是社會性的文件，對公眾說話。它需要流暢、簡潔、生動，需要雄辯，有說服力，能引起共鳴。有時也需要委婉，運用暗示，或者也免不了諷嘲或責難。這一切，全靠節目批評家有出色的文字表達的能力。

好的節目批評，是一篇又一篇可愛的文章（有可愛的內容）。人們因愛他的文章，而更愛他的意見，或者因愛他的意見，而更愛他的文章。

壞的文章足以損毀好的見解。而且，壞的文章內是否會包藏著好的見解也大成疑問。因為夠格的節目批評，必定在文章方面也夠格，它代表多方面「夠格」的水準。

而且，除非有好文章，節目批評不能留下文獻。沒有文獻，即沒有批評史，不能建立批評的傳統。如此，節目批評不能成為一門學問。

除非節目批評成為一門學問，這一行不會有尊嚴，不會有人立志終身做節目批評家，節目批評永遠是狙擊手或啦啦隊，不能真正帶動節目，向前進步。

三

節目批評可以有好幾種方法。

一、道德的，也就是從道德的角度下褒貶。批評者可以問：

這個節目在對觀眾灌輸什麼樣的道德觀念？

觀眾，尤其是青少年的人格鎔鑄，被這個節目加入什麼樣的成分？

這個節目，究竟是對大眾進行精神的汙染，還是靈性的提升、道德勇氣的增加？

我們的生存環境，將因這一類節目變得更好，抑或更壞？

倘若製作的主旨本來正當，它有沒有副作用？（如何防止？）

廣播電視雖然屬於新聞事業，但不得享受「新聞庇護」。所謂新聞庇護，就是在新聞自由及報導事實真相的工作信念下，新聞內容逸出道德規範而被人容忍甚至欣賞的那種情況。雖然有些廣播電視節目使用藝術方法來製作，但不得享受「藝術庇護」。所謂藝術庇護，就是藝術家和藝術欣賞者之間的一種默契：他在發憤創造時有時不及考慮道德的因素。

我們承認，節目的製作者本身具有道德水準，他的作業要經過內部的審查制度，他的成品要承受政府主管官署的監督。不過，這還不夠，他們留下來的空隙（一個很大的空隙），要由節目批評來補救。

二、文藝的，從文藝的角度，對節目提出讚賞、建議或責難。

「節目」不等於「藝術品」，但是，它在製作時使用藝術方法，就這方面加以考評，也能提高節目的水準。

舉例來說，「特寫」是電影的重要方法。電視由於螢光幕太小，尤其要注意對特寫的運用。導播對特寫的運用是否熟練，是否恰當，是否有疏忽遺漏，即構成節目批評的內容之一。

舉例來說，「衝突」是編劇藝術的重要方法，某一電視劇的骨架是否建立在足夠的衝突上，衝突是否由充分的理由造成，由衝突而造成的高潮，是否分布得很恰當，都是節目批評的對象。

再說，廣播電視都是傳播工具，他們常常傳播各種藝術活動。例如音樂演奏會的實況。你可以批評這一演奏會的演奏水準，也可以批評因轉播技術而生的技術水準，尤其是當技術水準不夠，以致演奏水準減色時。

電視節目在使用各種藝術方法（文學的、音樂的、美術的、戲劇的、電影的），單單電影一門，又涉及鏡頭運用，燈光，化妝，等等許多項目，對每一項目的批評，都涉及專門的知識。

三、比較的，也就是用「貨比貨」的方法來「識貨」。批評者可以拿性質相同或形態相同的節目互相比較，指出長短得失。

例如，同為流行歌曲的歌唱節目，「每日一星」與「群星會」可以比較，同為以家庭為對象的綜合性娛樂節目，「合家歡」與「合家樂」可以比較。不僅如此，國內電臺製作的節目，可以和國外電臺的節目比較，例如本國兒童節目，西洋古典音樂節目，戲劇節目，都可以和鄰邦或電視先進國家的節目，對照參考。

不僅如此，由同一個電臺播送出來的節目，我們也可以比較：同是中視的節目，連續劇「長白山上」和「神龍」可以比較，歌唱節目「每日一星」和「金曲獎」也可以比較。

進行節目比較時，須注意若干因素，例如預算的懸殊，國情的差異，以及基本哲學之不同。一個花十萬元製作出來的節目，和另一個花一萬元的節目，雖然同為兒童節目，仍難相提並論。一個對電視十分放任的社會，它的節目中若干優點，不能強求之於一個對電視嚴格管理的社會中，而基督教會製作出來的節目，其娛樂性必然有一定的限度。

這個因素使若干節目不宜互相比較，但是，比較者仍然可以追問：為什麼甲電臺肯花十萬元製作兒童節目，乙電臺不肯？難道兒童不是電視機前最重要的觀眾嗎？這導致節目政策的比較。這種更高一層的比較，也可以成為節目批評的課題。

「放任」使廣播電視事業產生那些優點？那些缺點？「嚴格管理」呢？二者得失利弊如何？能不能兼取二者之長？這也是更高一層的比較。

四、業務的，也就是站在廣播電視事業經營者的立場上看節目。

如所周知，商業電臺靠廣告收入來維持事業的生存發展，節目必須爭取廣告的支持。批評者對節目要求改變或改進，可以完全不考慮廣告的因素，作「理想」式的批評，也可以借箸代籌，一面顧到廣告的爭取與維繫，一面指出在現實的基礎上仍然不必完全捨棄理想，大有可為。

從業務的角度看節目，所注意的是：

如何把握及滿足觀眾的趣味？

如何發現觀眾尚未被任何節目予以滿足的隱伏的趣味？

如何擊敗「對手」的節目？

舉例言之，甲電臺正在播映「湯姆瓊斯之歌」，同一時間內，中國歌星卻正在乙電臺唱「湯派」的歌曲，也就是正在摸擬湯姆瓊斯的腔調、姿態，唱湯姆所常唱的「洋歌」。如果批評者認為這隻歌對青少年有壞影響，那是「道德的」批評；如果認為這個中國歌星唱得不夠好，那是「文藝的」批評；如果認為他遠不及湯姆瓊斯，那是「比較的」批評。如果批評者指出，拿中國人唱洋歌來和湯姆瓊斯打對臺，未免東施效顰，不自量力，把觀眾都趕到「對手」的節目中去，在節目編排上犯了錯誤。批評者認為當甲電臺播映「湯姆瓊斯之歌」時，乙電臺應該排一節非歌唱節目，至少應該排一節與湯姆瓊斯風格迥異的歌唱節目，以維持相當的收視率，這就是「業務的」批評。

「業務的」批評與「道德的」「文藝的」批評，可能不盡相同，但是也不至於根本上處處相反。業務的要求無非是較高的收聽率或收視率，一個不道德的節目，一個不善運用文藝手法的節目，「風靡一時」的可能性是很少的。不能把觀眾估計得太「下流」，至少，在家庭中，在孩子們面前，他們還有責任心。

這四種批評的方法可以單獨使用，也可以綜合運用。工具犀利、影響巨大的電視事業，在中國業已發達，利弊互見，如何幫助它健全起來，節目批評應該盡一份力量。

「文學修養」與新聞寫作

一

字，在印刷廠的字架上，一個個都是靜止的，死的。

在辭典裡，字有了生氣。字的生氣來自它們彼此組合。

文學家對「字」作了大規模的、有機的組合，使各字相加之後，結果不等於（大於）那些字的和。「松下問童子，言師採藥去，只在此山中，雲深不知處」。這首詩所表現的閒逸、遼闊、神祕、幽靜，大大超出那二十個單字所有的字義之外。

有時候，使用同樣的字，僅僅移動字的位置，能發生始料所未及的效果。「屢戰屢敗」改成「屢敗屢戰」的故事可為例證。「平地起樓臺，樓臺成平地，平地兮樓臺，樓臺兮平地！」幾個字顛來倒去，重複出現，竟含有對人事無常的諷刺與感傷。

有人說，文學作品不過是「把適當的字放在適當的位置上」。由於天分及專業精神，文學家成為最擅長安排文字的人，經過他的驅役，閉藏在文字內部的神祕微妙的潛能，一一向外發射出來。在好的詩文中，每一個字都不啻是一個力士或一個精靈。

還有，令人羨慕的是，文學家永遠能「找」到那麼有趣、那麼精采的事來加以描述。幾乎每一件事都具有雋永的回味，使我們忘了這個世界本來是多麼平板枯燥。

維特為了夏綠蒂而失眠，深夜到街頭去狂奔亂走，誰知道夏綠蒂迎面而來，原來她也失眠！兩個人恰巧碰見！

一個音樂家呆坐苦思，找尋作曲的靈感。他驀然抬頭往窗外一看，看見窗外電線桿上正好有五條平行的電線，線上高高低低參差不齊的停著許多麻雀。把這些麻雀當做音符看，正好是一個優美的旋律！

一位名醫，在一次緊急手術中挽回一條生命，事後，他才發覺，他救活了他的不共戴天的世仇！

一個王子，為了追求一個牧羊女，學會了一件對他毫無用處的事：織蓆子。後來，王子遇險，他用織蓆代替通信，召來救兵。

如果深夜躑躅街頭的維特沒遇見夏綠蒂，……如果會織蓆的王子不曾蒙難，……不，為了作品的完整和生動，王子後來一定要蒙難的。……

對文學家來說，「詩中有畫」已不算稀奇，文學家能寫那些畫也畫不出來的「東西」。「一寸相思一寸灰」，相思是無形的，灰是有形的，可是，失戀的痛苦卻把本來無形的相思燃燒成灰，在人的感覺上，相思有形，灰反而無形。讀詩的人接受這種說法，像接受一件真正的事實。

我們學寫文章，以文學家為師，以他們的作品為教材。他們怎樣做，我們也怎樣做。經過長年的努力，我們或多或少有些心得和成績。這時，我們有了「文學修養」。

學寫新聞的人，通常是先已具有若干「文學修養」。他的組合文字的能力即由「文學修養」而來。可是，「文學修養」也隨時跑出來破壞他的職業信條，誘使他犯一些美麗的錯誤。在這種情況下，「文學修養」成了他的累贅。

二

寫新聞跟作文吟詩，都使用文字。可是，新聞跟文學，並不因此成為同類。一個根本的區別是，新聞要「真實」。新聞學對這一點反覆力說，我們都耳熟能詳。文學創作也標榜「真實」，但是，在文學辭典裡面，「真」字另有解釋，它一點也沒有要求作家忠於事實真相的意思，文學作家不在乎武松是否真的殺死過他的嫂嫂，以及潘金蓮究竟是不是淫婦。

文學作品的內容為什麼可以「不真」？因為文學作品的產生，目的不在報導事實真相。報導事實真相是新聞的天職，失真就是失職，失職是一種罪惡。文學作品的旨趣在表現別的東西，這「東西」，有人稱之為「透過藝術效果、對人生加以解釋及批判」，只要能達到這個目的，可真可假，甚或寧假勿真。不真，在文學往往是一種必需。

在文學作品裡面，「事實」（例如小說裡面的故事）只是作家的手段，他在創作時本著「怎樣達到目的」之一念，對「事實」得以增刪損益，對並未發生過的事實也可以任意假定。這一「歪曲事實」、「揑造事實」的工作，在文學上稱之為「理想化」。——「理想」是指與藝術條件吻合。

「推敲」的故事在中國文學史上很有名，詩人賈島想把「僧推月下門」改成「僧敲月下門」，遲遲不能決定。韓愈替他決定用「敲」，理由是「敲」字音節響亮。後世評詩的人對「敲」不盡贊同，有人認為還是「推」字較佳，門無關鎖，一推即開，方外人的無為和寺院的幽閒都表現出來。這是「理想化」的一個例子。

當他們作此討論時，從無一人主張賈島在修改詩句之前，應該跑到那座廟外守候，親眼看一看夜歸的和尚究竟推門還是敲門。〈早梅詩〉由「數枝開」改為「一枝開」的故事也是一樣，改詩的人毫不考問郊外的寒梅究竟開了幾枝，他的意見是既然是詠「早梅」，則「一枝」自然比「數枝」更早。這是「理想化」的又一例子。

這樣的例子簡直不勝枚舉。作家筆下所以有那樣多引人入勝的事件，絕大多數是由「理想化」而來。作家經過長期的自我訓練，逐漸養成一種能力，外界事物進入他的內心以後，他幾乎在不自覺的狀態下改變了它的原樣，放在他的作品裡，它成為恰與總體配合無間的一個配件。文學家所寫的事實是如此這般「內在的事實」，文學上的「真」，不過是要求作家忠於他自己的「內在」而已。

一個有「文學修養」的人初寫新聞，他很可能情不自禁的把新聞「理想化」了，他發覺只要稍稍加添一點，改動一點，這條新聞就會更詼諧，或者更詭奇，或者更感傷，或者更恐怖。為了新聞的可讀性，他實在很難抵抗這個誘惑。

可是對新聞來說，「理想化」就是失真，就是不誠實。這一部分文學修養，正是新聞記者所要排斥的。

三

文學家跟前述「內在的事實」叫做意象。既是「早梅」，「一枝開」比「數枝開」更能造成「早」的意象，所以改「數」為「一」，不問「外在的事實」究竟如何。依文學術語，小說家或詩人都是在寫意象，都是在以文學引發讀者的意象。「意象」若有其事而不必實有其事。

這個原則對文學家用字有很大的影響。白居易寫馬嵬坡之變，有名句曰「宛轉蛾眉馬前死」。他這句詩裡的「馬」字可能是戰馬，也可能是用馬借代軍隊，馬前死就是軍前死；第二，他用一馬字目的不在告訴我們兵種兵科，而在和「蛾眉」作一對比，以馬的強壯高大，痲木無覺，襯托「蛾眉」的脆弱嬌柔，含恨銜悲。「宛轉蛾眉馬前死」，可以有馬，可以無馬，「馬」可以是虛字，也可以是實字。一個字引發多種意象，可以說是盡了鍊字的能事。

文學家用字，貴能在讀者心目中引起意象，尤貴能以有限的字引起無限的意象，以固定的靜止的字引起賡續性的印象。這種用字的態度，與寫新聞的人大異其趣。在新聞中，馬就是馬，有馬就是有馬，無馬就是無馬，不能虛虛實實模稜兩可。與新聞報導字字求實的精神相比，我們或者可以說，文學家用字，有意使讀者發生錯覺及幻覺。

詩一向被推為文學作品的代表。以詩為例，「春風又綠江南岸」這句詩之所以傑出，就因為在王安石寫出此一名句之前，「綠」字從未能使人發生這樣多的想像。「紅杏枝頭春意鬧」，「著一鬧字而意境全出」——也就是幻覺發生。我們甚至因此喜歡在理性上很難成立的句子：「香稻啄餘鸚鵡粒，碧梧栖老鳳凰枝」，鮮豔錯綜的色彩使人目迷；「滄海月明珠有淚，藍田日暖玉生煙」，煙籠霧隔的影子引人遐思。「功名富貴若長在，漢水亦應西北流」，水流的方向豈能證明命運的歸趨？可是，江水滔滔，波影搖搖，竟對我們發生催眠的作用，使我們「相信」命運與江流一樣無常。

有些字所引起的幻覺，與歷史有關，最明顯的例子是用典。「垓下一戰」就是「最後一戰」，但「最後一戰」無論如何沒有「垓下一戰」所產生的悲壯之感，「垓下一戰」除了具有最後一戰的意義，還投射歷史色彩，使讀者戴上一付「有色眼鏡」。蘇俄頭目黑魯雪夫一譯赫魯雪夫，赫、黑都是譯音，譯者信手拈取，認為用那一個字都一樣。到了讀者眼裡，卻好像「黑魯雪夫」是個比「赫魯雪夫」更鄙卑的傢伙。小說作家描寫一個有血性有正義感的漢子，如果教他姓關，比教他姓張姓王，更能顯出義薄雲天的氣概。這也是歷史色彩在發生作用。

文學家專門利用文字的這種「弱點」——當然更可以說是特性。寫新聞的人像寫詩的人一樣把文字的性能弄得清清楚楚，可是不但不去利用它的弱點，反而處處加以防止。

用語意學者的話來說，新聞用字，那字要有「外向意義」，能夠加以檢證。他們說，事實好比地形，語言好比地圖，讀者根據地圖上的符號，應該能找到橋樑、車站或公園。長堤選美委員會說，當選第一名世界小姐的條件是身高五呎四寸，三圍為三十五、二十二、三十六，腳踝八寸半，某某小姐因符合這些條件而當選。這些話的含義清楚準確，真實性可以檢證，除了顯示客觀的事實以外別無「絃外之音」。文學家曹子建就不然，他說美女的條件是「增一分則太長，減一分則太短」。

四

「地圖」的比喻對我們很有用，它比大家一向慣用的「語文是事物的代表」一語更進一步。地圖上有的東西，地面上應該一定有，地圖的面積經過比例放大，也應該與地面上實際的面積一樣。

一個沒有受過訓練的人，或者不明瞭文字責任的人，用語往往失之出入。假定這裡有一本書，書中有五十三處錯誤，說它「錯誤百出」，「地圖」失之過大；說它「大醇小疵」，又是故意將「地圖」縮小。「車水馬龍」是一張不精確的「地圖」，它故意把複雜凌亂的線條予以簡化，使剩下的部分能產生美感。

就控馭文字的觀點說，新聞報導的旨趣是，把讀者從未到過的地方畫出一張正確的地圖來。有人說，要求報導絕對準確是不可能的。沒有關係，人類為自己懸了許多不能達到的目標，追求不息。至少，寫新聞的人不該像寫詩那樣故意使地圖與地形不符，就這一點而論，新聞與文學南轅北轍。這不是何時到達終點的問題，這是方向問題。

某國校校長在酒家歡宴學生家長，場面熱鬧，酒家人手不足，女教師參與招待。此事誠然糟糕，但是，她們所鑄成的錯誤有一定的大小（地形），新聞對她們的描述也該有一定的分寸（地圖）。說她們是「萬世師婊」，分明是把地圖畫錯了：她們雖誤與酒女同列，卻並未成「婊」；她們只在那兩三個小時內做招待，並未上溯下延及於萬世。這是畫地圖的人一時興起，隨手點染，在圖上平添了幾座空中樓閣。

某機構的一個規模甚大的酒會花掉三十萬元，有人形容它的浪費，說它是「三十萬元一杯乾」。浪費的程度不等於文字的描述，地圖不符合地形。三十萬元並非完全用於買酒，還有點心、紀念章、宣傳小冊子，而所買的酒也不只「一杯」。「三十萬元一杯乾」的句法，分明受「一將功成萬骨枯」「一葉落知天下秋」的影響，分明是中了「詩毒」。

五

根據以上的分析，至少在我們討論的範圍以內，新聞訓練是反文學修養的，文學修養是反新聞訓練的。

武松是個什麼樣的人，做過些什麼事，說過什麼樣的話，施耐庵有全權決定，他是武松的創造者。實際上並沒有一個真武松與《水滸傳》裡的武松對證，無論讀者對施耐庵的用字發生什麼樣的幻覺，也都不會對世界上任何人的名譽構成誹謗。所以，寫文學作品的自由很大，可以「筆酣筆飽，痛快淋漓」。

新聞是真人真事。新聞人物和他們的家屬，都天天活在這個世界上面對冷酷的現實。他沒有貪汙，你不可說他「可能貪汙」，他中飽了十萬元，你不可說他中飽廿萬，也不可說「至少為十萬元」。如果今天沒有驚人的新聞，並不是傳播工具的缺陷，它是人生的缺陷，「缺憾還諸天地」，我們不必奪造化之功。否則，那新聞人物將面對嚴重的後果，在一個有法律公道的現代社會裡，那傳播工具也將面對嚴重的後果。

不正確的地圖是一種罪惡，使走路的人誤入歧途或跌進陷阱。因此，傳播工具必須把我們生存的這個時代這個社會最正確的情況說出來，使活在這個時代的人憑著它的指引，決定自己做什麼或不做什麼。這裡面還不僅僅是一、二當事人的榮辱問題。

文學作品「滿紙荒唐言」，為什麼能免於上述的譴責？這是因為，文學這種「地圖」，實際上成為一張張的風景畫。為了「風景」，畫家隨意在畫布上決定這裡應該有一條河，那裡應該有一片林，不問地理的實況。風景畫使人「悠然神往」，可是沒有人在旅行觀光時帶著風景畫做遊覽指南。

「文學修養」使風景畫更優美，也使地圖上充滿了危險。它足以提高文學作品的水準，也足以衝倒新聞記者的道德藩籬。學寫新聞的人一面吸收文學修養，一面要大量濾除它，所濾掉的比所留的要多得多。

吸收文學修養易，濾除難，因為他將發現所要濾除的那一部分往往是「神來之筆」，是「精華所在」。棄之既然可惜，無妨寧濫勿缺。非有最大的責任感，下最大的決心，不能實行。

一個寫新聞的人是否墮入魔障，要看他能否從「文學修養」的迷醉中清醒。新聞學一類的著作，在這方面應該提出更充分的警告。

語言汙染

新聞報導是「將方興之事，告未知之人」。甲太太由菜場歸來，對乙太太說：「冷凍蔬菜上市了」，這即是一件報導的行為。「要知山下路，須問過來人」，聽過來人說山下路，也是聽取一種報導。遠古時代，人類的祖先為覓食或自衛而互通消息，那時即已有「報導」存在，可以說，報導與民生一同開始。於今為烈，現代人幾乎完全生活在「報導」之中：早晨，太太將你從床上搖醒，告訴你電動烤麵包機業已購到，早餐有新花樣。起床後洗臉時聽廣播，氣象預報說下午有雨。上班途中，交通標示說前面施工，汽車改道。走進辦公室，你看見朋友結婚的喜帖，長者作古的訃聞。不久，老李打電話來，通知×長今天中午一點返抵國門，有交通車直開機場，供接飛機的人乘坐。諸如此類。

「報導」的重要性是不容忽視的。人總是根據已知的事實來採取下一步行動，他明天該做什麼，先看他今天知道了些什麼。如果他所知不夠快，不夠多，或不夠翔實，他可能因此作了錯誤的決定，採取不適宜的行動，承擔不幸的後果。如果你不知道×長今天回國，未去機場迎接，你就得不到×長由國外帶回來的小禮物，說不定還因此影響年終的考績。另外一個人，黎明時從廣播中聽見英鎊貶值，在九點鐘金店開門時立即買了三萬元的黃金，下午，金鈔漲價，他賺了一票。報導如此重要，所以孔子將「多聞」列為益友，而包打聽之類的小人物雖品流不高，卻在任何機關都甚為活躍。至於以報導為天職的大眾傳播工具，早成為現代人的生活必需品。有人說：「一天開門八件事，柴米油鹽醬醋茶報紙。」——電視事業興起，有人把最後一項易以「電視」，皆能言之成理，持之有故。

大眾傳播事業發達以後，「報導」即為此一事業所獨占，此一詞的定義，逐漸以通過報紙、廣播或電視所發表者為限，街談巷議、道聽塗說已被摒之於外。私人間的消息交換被認為是一種「先報導」狀態，「報導」一詞成為新聞學的術語。大眾傳播工具何以能壟斷報導？因為，第一，它壟斷了消息的來源，知天下事，無人能比它更為博聞而強記。第二，它的傳播速度相當驚人，美國參議員甘迺迪被刺，四十分鐘後新聞電訊即傳到臺北，臺北的廣播公司於收到電訊之後三分鐘，即播告全國聽眾，比起荷馬時代，市民從行吟詩人口中聽幾個月前的邊疆戰訊，真是有天壤之別。第三，是它的真實性。新聞報導往往失實，即新聞界人士亦不否認，但平心而論，新聞記者受過專業訓練，比一般人更具備追求事實真相的能力——甚至是權力；傳播機構在新聞發布時有過濾的能力，發布後有檢討的能力，無論如何比一個普通人可靠。今天不談報導則已，談報導，離不開大眾傳播，捨大眾傳播，可以說已無報導。大眾傳播使我們能了解目前環境，吸收必要的知識，考慮未來的行為，與我們命運攸關，不可須臾或離，一月無此君則惶惶如也，嚴重性不下於停電斷水。

報導——透過大眾傳播工具的新聞報導——既具有如此大的威勢，它可能給人們造成的禍害，也隨著比例增大。三姑六婆搬弄是非，禍僅及於一、二家；報紙雜誌如造謠生事，貽患國家社會。十九世紀末，美國和西班牙因古巴問題作戰，寫新聞史的人都說那場戰爭完全是紐約《記事報》煽動起來的；越南吳廷琰政府之崩潰，論者歸咎於外籍記者有計劃的圍攻。至於報導失實對私人名譽所加的損害，更不必一一舉例。為興利除弊，新聞界實行自律，國家也頒布有關法令加以制裁或補救。雖然如此，新聞報導中仍多無心之失。知足的人認為事難全美，憤慨者就要說這也是一種「必要之惡」了。故意不實，是一種權力的濫用，屬於新聞道德、職業良心、社會紀律的問題，此處姑置不論；無心之失大半是語文媒介的使用問題。

新聞報導必須使用媒介。大眾傳播工具的功能是傳播此種媒介，如報紙之傳播文字，廣播之傳播語言，讀者聽眾憑此媒介，去「知道」若干事實。接受報導的人只能和媒介接觸，媒介是事實的代表符號，並非事實本身。學者已經將二者的關係喻之為地形和地圖的關係，接受報導的人不曾親身遊歷那地方，只是看見一張由別人畫成的地圖。地圖的真實地形的簡化和縮小，看圖的人須運用自己的經驗和想像，加以放大補充。繪圖的人如果在技術上犯錯誤，即使是無心犯了很小的錯誤，看圖的人在「還原」時會把這個錯誤也放大了。跟語文相比，地圖到底比較冷靜穩定，不像語文這種媒介有那麼多的歷史因素、情緒色彩、暗示作用，排列組合上的關係變化，多性格而富彈性，把握為難。這是一位極難捉摸的代表，而這位代表在扮演如此重要的一個角色，導演和觀眾實在應該加倍警惕。

一個以報導為職志的人，約言之，一個新聞記者，他應該具備的能力是：一、知道什麼是新聞，向何處尋找，並且能找到手。二、能有效的驅役他所需要的媒介工具。三、熟習他所使用的傳播工具的性能，能充分發揮此一工具的特點而避免其弱點。第二項的重要性每每被人忽視，或認為它不過是要求報導者下筆文氣暢順，修辭簡潔，描述生動。實際上它的意義應該更進一步，流暢生動固然重要，尤其重要的是，它應該是一張準確的地圖，一個忠實的代表。為達此旨，寫新聞報導的人應先受一種特殊的文字訓練，這訓練異乎傳統的「文章作法」，惜乎，此一訓練迄今尚無完整周密層次分明的教材。

報導者所用的文字，應該是一種純粹的記述性文字，傳統的文章作法並未嚴格要求我們使用這種文字，各種文體一向混合應用，分別僅在成分比例的多寡而已。純記述性文字將此種文體與別種文體清清楚楚分開，而將所有不純的成分除去。所謂不純的成分，最主要的是「意見」和「感情」。意見和感情最足以導引讀者誤入錯誤的方向，謬以千里，這兩樣東西愈少，這位叫做「語文」的代表才比較忠實。否則，這兩個精靈會蒙蔽真相、混淆聽聞，造成語言汙染。

「新聞不是意見」。為什麼呢？因為「意見不是事實」。意見是對事實的一種評判，斷其是非優劣真偽，它受事實觸發而生，但存在於事實之外，它根據事實，但與事實並非同一。「結婚」是事實，「百年好合」是意見；「死者二十五歲，為民航公司空中小姐」是事實，「骷屍」是意見；「挪用公款」是事實，「劣跡」是意見；「主張女子回廚房」是事實，「謬論」是意見；「有夫之婦與有婦之夫同居」是事實，「畸戀」是意見；「病人於手術後死去」是事實，「死於手術」就可能只是一種意見。至於「議員意興闌珊」、「被告罪大惡極」、「他對新職一定勝任愉快」、「一望而知並非善類」等句子，更「一望而知」是一些意見罷了。人有發表意見的自由，但不可拿自己的意見當做事實來發表，讀者也不可把「意見」當做事實來接受。

為什麼呢？因為：

一、同一事實可能引起不同的意見。春雨連綿，農夫「喜雨」而行人「苦雨」。你說某人結婚是「百年好合」，不贊成這門親事的人卻說是「孽緣」；別人說挪用公款是「劣跡」，你卻認為僅僅能稱之為「愚行」；「女子回廚房去」，有人認為是侮辱女性，也有人認為是匡時救弊。廣告稱一本四百頁的書為巨著，看到廣告的人卻以為既稱巨著應該在一千頁以上。他如勇敢與衝動、節儉與吝嗇、豪放與粗野、堅強與固執，都由人們在面對同一事實時任意取用，各是其是。所以，意見並不就是事實。

二、「意見」是用較為抽象的字詞來表示的，這一類字詞的涵義往往不太固定，難以實指，由讀文字的以自己的經驗代入。但讀者自己從抽象字眼中所發現的，與作者使用此一字眼時所憑藉的，往往南轅北轍，驢唇馬嘴。最好的例證在《語言與人生》一書中，書中引了如下一段文字：「他幼年的生活是很艱苦的，他努力自修，後來寫了一部書，它的銷路，在那個國家裡僅次於聖經。在這個世界裡，沒有任何困難可以使他失望灰心，雖然他常常得到警告說：你不可以這樣做！他一次又一次克服了障礙和拘束。他是一位天才演說家，擁有不少的信徒，這些人說：他所以能完成那樣偉大的事業，是他寬大的胸懷，堅強的毅力和善良的靈魂。」乍見這段文字時，萬萬想不到這個被評論的人就是希特勒！讀這段文字的人和寫這段文字的人，意念完全不能藉媒介溝通，因為雙方對這些抽象語句的解釋完全不同。所以，意見並不就是事實。

次談情感。情感也不是事實。「提倡白話文的人都是匪諜」，這表示他痛恨白話文；「我太太是世界上最好的女人」，這表示他愛太太；「巴西遍地黃金」，這表示他對巴西的嚮往。女人是蛇蠍禍水，也是心肝寶貝。同一個人，你可能稱他為「那位先生」，也可能稱他為「那個人、那個傢伙、那個鬼、那狗東西」。從這些話裡面找不到事實，只能找到說話者的情緒狀態。如果根據這種話真的跑到巴西，希望在馬路上撿到金條，當然是一場春夢。

新進的記者出席一項記者招待會，聽見「受害人」態度激昂，口吻沉痛，甚或看見他痛哭流涕，就認為對方所說的全是事實，這是輕信。在這世界上，頗有人滿口正義真理只是傲慢自大，也頗有人把別人說成「亂臣賊子」，其目的不過是希望「得而誅之」。「真情流露」並不等於「真相大白」，有時候，正因為「情溢於海」而必須等待「水落石出」。當文字只能代表作者的情緒而不能代表真實的事物時，從新聞報導的角度看，這個「代表」有辱使命，完全失敗。

將意見及感情自報導文字中予以濾除的工作，作者和讀者都有責任。讀者也應該培養一種能力，迅速自動將「非事實」的部分剔除。看剔除之後還能剩下若干事實，看看這「純事實」的部分能否支持作者的感情及意見。有些文字，如下例，望似言之鑿鑿，實際上拂去「非事實」的成分以後，幾已一無所有：

「他是一個著重享受的人，私生活相當浪漫。這需要很多錢，因此，他弄錢不擇手段。」

「他曾經吞沒一筆相當可觀的公款，又曾侵占別人託他保管的一批金飾。這樣一個無行的人，由於善加偽裝，竟仍有廣泛的人緣。他擅長交際，對富人和有權者尤刻意攀結，在那批人面前，他非常之像一個紳士。」

「你不能永遠欺騙所有的人。狐狸無論怎樣善於掩藏，總不免露出一條尾巴。近來他的真面目漸漸被認清了，他在自己所立身的圈子裡，漸為有志之士所齒冷。不過，他要掙扎，像一個快要溺死的人一樣掙扎。他正在作種種努力，挽回當前的頹勢。」

人文叢書系列

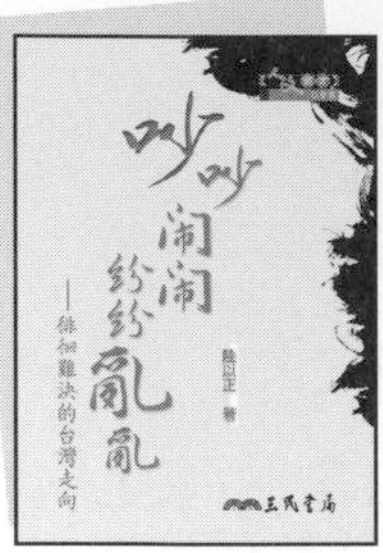

【人文叢書　社會類1】

吵吵鬧鬧紛紛亂亂——徘徊難決的台灣走向　陸以正　著

本書收錄前大使陸以正先生在報端發表的雜感與評論，透過篇篇精闢的深度剖析，直達台灣問題的真正核心，讓我們跟隨大使宏觀開放的視野，一同見證這段舉措不定的歲月。

【人文叢書　社會類2】

從台灣看天下　陸以正　著

「國際情勢正迅速變化中，而台灣越來越追趕不上脈動，勢將難逃邊緣化的命運。」本書作者陸以正先生有鑑於此，以其長年擔任外交官的駐外經驗，對國際新聞提出種種敏銳的觀察與解讀，告訴國人：在國際情勢牽一髮而動全身的年代，我們再也不能自外於這些攸關台灣前途的世界大事！

【人文叢書　社會類3】

台灣技職人的奮鬥故事　吳京　主持／紀麗君　採訪／尤能傑　攝影

廿一世紀的社會趨勢，講求專業與專精的工作能力，想要在職場上出人頭地，必須有一技在身，而技職教育，正是符合這種工作取向的教育體制。由前教育部長吳京主持編成的這本《台灣技職人的奮鬥故事》，蒐羅全國優秀的技職人代表。這十九位技職人，憑藉著他們的專業知識和奮鬥精神，在職場上都獲得令人敬佩的成就，從他們的傳奇故事中，你將發現人生的另一種可能！

【人文叢書　文學類1】

月落人天涯　何秀煌　著

哲人已遠，典型猶在。作者藉由本書的一字一句，刻劃前崇基書院沈宣仁院長的行事風格，細數他的理想堅持，闡揚他的教育願景，充分流露出對沈院長無限的崇敬與追思。

【人文叢書　文學類2】

行與言　桂　裕　著

本書名之曰《行與言》。「行」，指的是作者訪察歐美諸國的見聞隨筆，於行程中參訪各地的司法、教育機構及風景名勝，與當地專家學者多所交流，並將心得感想及收穫形諸文字，對於了解當時的社會概況與今日的法律源流，都有重要價值。「言」是作者論文及講稿的選粹，文中有對中國傳統思想與孔子學說所作的深入評析，也有對言論自由與民主關係的闡釋。全書精闢透徹、含意深遠，耐人咀嚼。

【人文叢書　文學類3】

我與文學　張秀亞　著

「美文大師」張秀亞女士以美善的心靈、細膩的情思、優美的文字寫成這本《我與文學》。它將開啟你的心靈，讓你以新的眼光來看待身邊的一切，進而體會英國詩人華茨華斯所說：「即使是一朵最平凡的小花，也會使人感動得下淚。」

【人文叢書　文學類4】

雪樓小品　洛夫　著

雪樓內有文、有詩、有書畫，是洛夫探索文藝、既自由且愜意的理想天地。多彩爛漫的文人氣息，與窗外雪落無聲的寂靜，形成強烈的對比。洛夫在溫哥華期間，不忘讀書、不忘創作，更不忘品味新生活，本書即為洛夫讀書的感悟與生活的感受。沒有政治或敏感議題，篇幅簡短，雋永有味。讀者可以與洛夫一同讀情詩、詠古人，與洛夫在後院種花蒔草，享受收成的快樂。透過本書與洛夫促膝長談，重新發掘您所忽略的生活情趣。

【人文叢書　文學類5】

弘一大師傳　陳慧劍　著

中國近代藝術史上的奇才，佛教史上的高僧——弘一大師。他的前半生多彩多姿，不僅開創中國近代戲劇的先河，也為音樂教育寫下了輝煌的一章。出家後，斷然放下世俗牽絆，作苦行僧、行菩薩道，以身教示人，再為佛門立下千峰一月的典範。本書成稿迄今已歷三十五年，其間因種種因素使得某些相關資料湮沒不聞，因此，本書再作第三度修訂，加入以往的遺闕，以呈現弘一大師完整的生命歷程。有緣人如能一讀此書，必將為你的生命注入無限的清涼與感嘆！

【人文叢書　文學類6】

愛晚亭　謝冰瑩　著

她是個擁有鋼鐵般個性的女兵，同時也是個喜歡收藏回憶的作家。看她娓娓訴說生活中的點點滴滴，有悲、有喜、有眼淚、有笑容，蘊含著對家國、親人、甚至於自然萬物的熱切情感。她的筆觸活躍而跳動，樸實卻不單調，令人感同身受。無論時空如何變遷，至情至性的《愛晚亭》，仍然值得我們一再玩味。